Herzlich Willkommen!

Du liest gern spannende Geschichten und du liebst Rätsel? Dann ist EXIT – DAS BUCH genau das Richtige für dich. Denn es steckt voller Geheimnisse und spannender Rätsel! Ryan und Sarah stehen immer wieder vor schwierigen Aufgaben, bei denen du ihnen hoffentlich helfen kannst!

Bevor es losgeht, musst du noch ein paar Dinge erledigen:

Schneide zuerst die drei farbigen Decodierstreifen (rot, blau, gelb) auf den Seiten 191 und 192 heraus und führe sie dann durch die farblich passenden Schlitze in der vorderen Klappe des Buches (lies dazu auch Seite 190).

In der Geschichte wirst du am Ende einer Seite manchmal gebeten, an einer anderen Stelle im Buch weiterzulesen. Befolge diese Anweisungen.

Doch bald musst du ein Rätsel lösen und dadurch einen dreistelligen Code herausfinden. So erfährst du, auf welcher Seite im Buch es weitergeht!

Alles, was du zur Lösung der Rätsel brauchst, findest du im Buch! Für manche Rätsel benötigst du zusätzlich eine Schere, einen Stift oder etwas zum Schreiben. Alles ist möglich. Scheue dich nicht, Dinge im Buch auszuschneiden, zu beschriften, zu knicken und zu falten. Aber schneide nur etwas aus, wenn es von einer gestrichelten Linie umrahmt ist und du in der Rätselanweisung dazu aufgefordert wirst!

Auf den Seiten 184–187 findest du zu jedem Rätsel Hilfen und Lösungen.

Auf Seite 184 ist auch erklärt, wie du die Hilfen richtig verwendest. Aber nutze die Hilfen nur, wenn du sie wirklich brauchst. Denn am Ende der Geschichte wird auf Seite 184 überprüft, wie viele Sterne du abgehakt hast. Je weniger Hilfen du brauchst, desto besser wird dein Ergebnis.

Und hier noch mal die Kurzfassung:

1. Schneide die Decodierstreifen auf den Seiten 191–192 aus und führe sie durch die passenden Schlitze vorn in der Buchklappe.
2. Fang auf Seite 005 an, die Geschichte zu lesen. Lies immer so lange, bis du gebeten wirst, auf einer anderen Seite weiterzulesen oder bis ein Rätsel kommt.
3. Löse das Rätsel. (Du darfst malen, schneiden und falten.) Wenn du das Rätsel gelöst hast, kommt immer ein dreistelliger Code heraus, den du auf deinen Streifen einstellen kannst. Auf der Rückseite der Streifen siehst du dann, auf welcher Seite es weitergeht.
4. Benutze die Hilfen im Buch auf den Seiten 184–187, wenn du nicht weiterkommst.
5. Rätsele dich nach und nach durch das komplette Buch. Beginne jetzt auf Seite 005. Viel Spaß!

Bei Fragen oder Problemen wende dich bitte an folgende E-Mail-Adresse: **exit@kosmos.de**

Inka und Markus Brand
mit einer Geschichte von Jens Baumeister

DER FALL DES RYAN CREED

KOSMOS

Umschlaggestaltung: Agentur Guter Punkt, München
Coverillustration: © Trevillion Images/Magdalena Russocka
Illustrationen im Buch von Thomas Moor, Wien, Österreich

Bildnachweis:
Umschlag Innenseite: © stock.adobe.com/vectorstore,
S. 184–187: © shutterstock.com/cepera (bearbeitet)

Unser gesamtes lieferbares Programm und viele weitere Informationen
zu unseren Büchern, Spielen, Experimentierkästen, Autoren und
Aktivitäten findest du unter **kosmos.de**

Gedruckt auf chlorfrei gebleichtem Papier

© 2021, Franckh-Kosmos-Verlags-GmbH & Co. KG,
Pfizerstraße 5–7, 70184 Stuttgart
Alle Rechte vorbehalten
ISBN 978-3-440-17221-6
Redaktion: Stefanie Kern
Lektorat: Claudia Müller
Produktion: Verena Schmynec
Innenlayout: Guter Punkt, München
Satz, Grafik und Buchgestaltung: Buch-Werkstatt GmbH, Bad Aibling
Druck und Bindung: Print Consult GmbH, München
Printed in Slovakia / Imprimé en Slovaquie

Der Erzähltext wurde vermittelt von der Literarischen Agentur
Charlotte Larat - rights & audio – Strasbourg

*Datenschutzhinweis zum Rätsel Seite 049

*Wir weisen Sie darauf hin, dass wir Ihre E-Mail-Nachricht zur Durchführung des Rätsels
kurzzeitig in unserem Postfach der E-Mail-Adresse us-muenzanstalt@kosmos.de speichern
und Ihnen eine automatisierte Antwort zu schicken, die für die Lösung des Rätsels erforderlich
ist. Wir löschen diese Daten nach spätestens sieben Tagen, ausführliche Informationen erhalten
Sie in der automatisierten Antwort.*

Der Brief kam gegen Ende der Unterrichtsstunde. Ryan hatte gerade auf die Uhr geschaut. Er lag gut in der Zeit und war mit dem geplanten Stoff annähernd durch. In dem Moment, in dem er ansetzte, das Wichtigste noch einmal zusammenzufassen, klopfte jemand an die Tür des Seminarraums.

Ryan nickte den Studentinnen und Studenten des Kurses zu. „Einen Moment bitte."

Vor der Tür stand ein Kurier in einer dieser durchdesignten Firmenuniformen, die sowohl modische Lässigkeit als auch Zugehörigkeit zu einem großen, verlässlichen System suggerieren sollten. Er war Ende zwanzig – ungefähr in Ryans Alter.

„Entschuldigung", sagte der Kurier. „Könntest du Mr Creed bitten, rauszukommen? Ist eine persönliche Übergabe."

Ryan lächelte. „Der steht vor Ihnen." Er holte seinen Führerschein hervor, um sich auszuweisen.

Der Kurier errötete. „Entschuldigen Sie, Mr Creed. Ich dachte nur ... Sie sind noch so jung für einen Dozenten."

Ryan war das gewohnt. In den ersten Jahren seiner Arbeit hier hatte er oft genug Studenten gehabt, die älter waren als er selbst. Respekt hatte er sich bei ihnen nie verschaffen müssen – sein Ruf eilte ihm voraus –, aber die überraschten Blicke bei der ersten Begegnung waren ihm wohlvertraut.

„Schon in Ordnung", entgegnete Ryan dem Kurier und kritzelte mit dem Zeigefinger eine unleserliche Unterschrift auf das Gerät, das dieser ihm hinhielt. Dann nahm er die Sendung entgegen.

Er hatte mit einem offiziellen Schreiben gerechnet. Nicht weil er tatsächlich eines erwartete – aber wer außer Ämtern

und Werbeabteilungen verschickte heutzutage noch Briefe? Und vor allem: Wer bemühte dafür extra einen Botendienst, der ihn mitten in seiner Arbeit störte, statt die Sendung mit der normalen Post zuzustellen? Doch der Brief war nicht offiziell – das war auf den ersten Blick zu sehen. Er war von Hand adressiert und ganz altmodisch mit einer Briefmarke frankiert worden. Dem Poststempel nach kam er aus der Gegend um Seattle.

„Schönen Tag noch!", verabschiedete sich der Bote und verschwand den Flur hinunter.

Ryan warf einen skeptischen Blick auf den Umschlag, dann steckte er ihn in seine Jacketttasche und ging wieder zurück in den Seminarraum.

Er setzte sich auf das Pult und führte seinen Vortrag fort.

„Wo waren wir stehen geblieben? Ach ja: In gewisser Weise können Sie einen verschlüsselten Text also als Rätsel begreifen. Es gibt genau *eine* richtige Lösung und es gibt in der Regel genau *einen* Weg, der zu ihr führt. Und wie bei anderen Rätselarten auch lassen sich Verschlüsselungstechniken grob in zwei Gattungen einteilen. Ahnen Sie, welche das sind?"

Sofort gingen einige Hände in die Höhe. Ryan musterte den Kurs einen Moment lang, bevor er jemanden aufrief.

Es war immer dasselbe mit den Studentinnen und Studenten im ersten Semester: Einige waren so begierig, einen positiven Eindruck zu hinterlassen, dass ihre Hände bei jeder Frage sofort in die Höhe schossen. Andere hatten Angst, sich zu blamieren, und blieben deswegen auch dann still, wenn sie etwas wussten. Als Dozent sah Ryan seine Aufgabe darin, für einen Ausgleich zwischen diesen Gruppen zu sorgen.

Deswegen ignorierte er die erhobenen Hände und nickte

stattdessen einem jungen Mann in der zweiten Reihe zu. Er hatte in den bisherigen Kursstunden noch kein Wort gesagt, war dem Unterricht aber so aufmerksam gefolgt, dass Ryan sich ziemlich sicher war, dass er die Antwort wusste. „Könnten Sie uns vielleicht sagen, welche zwei Rätselgattungen ich meine, Mr ...?"

„Anderson", vervollständigte der junge Mann, und seine Stimme klang nicht so schüchtern, wie Ryan das sonst von stillen Erstsemestern kannte. Er überlegte kurz. „Hm ... na ja, es gibt Rätsel, bei denen man weiß, was man tun muss, und andere, bei denen man genau das herausfinden muss ...?"

Er fragte es zwar mehr, als dass er antwortete – aber Ryan war trotzdem zufrieden, denn der Student hatte recht.

„Ganz genau, Mr Anderson! Die ältesten Verschlüsselungstechniken waren das Gegenstück zu den Streichholzrätseln, die Sie bestimmt alle schon einmal gesehen haben: Man grübelt stundenlang, was der richtige Lösungsansatz sein könnte; hat man ihn gefunden, ist der Rest kinderleicht. Moderne Verschlüsselungsalgorithmen sind dagegen eher wie Sudokus oder Kreuzworträtsel: Die Spielregeln sind öffentlich bekannt – doch das Problem, das das Rätsel stellt, ist so schwer, dass es eine Menge Arbeit braucht, um zur Lösung zu kommen."

Ryan sah, dass eine skeptisch dreinblickende Studentin in der ersten Reihe ihre Hand hob. Er ahnte, was ihr Einwand sein würde, und kam ihm zuvor.

„Das ist natürlich eine sehr, sehr grobe Vereinfachung. Also gehen Sie jetzt bitte nicht in dem Glauben nach Hause, der RSA-Algorithmus funktioniere genau wie ein Sudoku oder ein Kreuzworträtsel."

Die Hand senkte sich wieder. Ryan musste lächeln. Menschen waren oft leichter zu durchschauen als ein gut gemachtes Rätsel.

„Trotzdem", fügte er abschließend hinzu, „können Sie von klassischen Rätseln beider Sorten etwas lernen. Deswegen finden Sie einige davon auch auf dem Server. Als Hausaufgabe. Sie haben bis Sonntag Zeit, mir Ihre Ergebnisse zu mailen – inklusive einer Erklärung des Lösungswegs. Viel Erfolg dabei und bis nächste Woche!"

Ryan stand auf und öffnete die Tür des Seminarraums. Das war für alle das Signal, dass die Stunde vorüber war.

Als er wieder zum Pult kam, warteten dort schon einige Studentinnen und Studenten auf ihn. Sie hatten genau die Fragen, mit denen Ryan gerechnet hatte: organisatorischer Kleinkram über Serverzugänge, Fehlstunden, Benotungskriterien und Ähnliches. Ryan beantwortete alles geduldig.

Nach ein paar Minuten waren alle Fragen beantwortet. Nur eine Person wartete noch: der junge Mann, an den er seine letzte Frage gerichtet hatte.

„Mr Anderson? Wie kann ich Ihnen helfen?"

Der Student sah ihm selbstbewusst in die Augen. „Mr Creed, ich will Ihnen nicht zu nahe treten, aber ich und auch viele andere aus dem Kurs hatten uns, glaube ich, mehr erhofft als das, was Sie uns bisher bieten."

Ryan hob die Augenbrauen. „Mehr? In welcher Hinsicht?"

„Na ja – mehr Praxis. Also, moderne Praxis. Römische Geheimschriften und Rätsel sind ja ganz nett, doch gerade Sie haben bei Ihrer Vergangenheit ja sicher einen Einblick in viel bahnbrechendere Techniken."

Ryan seufzte. Er kannte diese Einwände. Er konnte sie sogar verstehen. Schließlich war allgemein bekannt, dass er, wenn man es vorsichtig formulieren wollte, über eine gewisse Praxiserfahrung in Sachen moderner Kryptografie verfügte.

Er konnte es nachvollziehen, wenn Leute sich in seinen Kurs einschrieben, um davon zu profitieren. Denn seine Vergangenheit war auch ein Grund dafür, dass er diesen Job überhaupt bekommen hatte. Was sie nicht wissen konnten: Ryan hatte längst für sich entschieden, dass es besser war, wenn sein Talent in Zukunft komplett ungenutzt bliebe.

Er blickte den Studenten an und schüttelte den Kopf. „Mr Anderson, das Kursverzeichnis umreißt den Inhalt meiner Veranstaltung recht genau: *Einführung in die Theorie der Kryptografie anhand historisch-praktischer Beispiele.* Und genau das biete ich Ihnen. Wenn Sie damit nicht zufrieden sind, steht es Ihnen natürlich frei, den Kurs zu wechseln."

Anderson errötete leicht und senkte den Blick. Ryan kannte diese Reaktion: Da war jemand zu weit vorgeprescht und hatte jetzt Angst vor der eigenen Courage.

„Nein, das möchte ich nicht", stellte der Student klar. „Aber ich dachte ... Sie haben doch so viel aktuelle Erfahrung. Wieso machen Sie nicht einen Kurs darüber?"

„Ich habe meine Gründe", erklärte Ryan knapp. „Im Übrigen ist mein Wissen in dieser Hinsicht nicht so aktuell, wie Sie vielleicht denken. Tatsächlich ist es auf dem Stand von vor ein paar Jahren. Und ich tue mein Bestes dafür, es nicht wiederaufzufrischen."

Der Student sah Ryan einen Moment verwundert an, dann zuckte er mit den Schultern. „Okay, alles klar, danke. Dann bis nächste Woche."

Als Anderson gegangen war, packte Ryan seine restlichen Unterlagen in die Tasche. Dabei fiel ihm wieder der Brief in die Hand, den der Kurier gebracht hatte. Er war dünn. Wahrscheinlich nur ein Blatt, allerhöchstens zwei.

Privatpost schloss er aus. Er kannte niemanden in der Gegend um Seattle. Also wahrscheinlich Werbung. Ryan landete regelmäßig auf den vorderen Plätzen in nationalen Rätselwettbewerben, und manche Unternehmen wollten sich das zunutze machen. Sie schickten ihm in Rätsel verpackte Werbebotschaften, in der Hoffnung, dass Ryan etwas darüber in den sozialen Medien postete und so ihre Reklame für Aftershaves, Energydrinks und Computerspiele in der Welt verbreitete.

Ein ziemlich sicheres Zeichen, wie Ryan fand, dass die Marketingabteilungen der entsprechenden Konzerne nicht eine Minute darauf verwendet hatten, mehr über ihn herauszufinden. Sonst hätten sie nämlich schnell gemerkt, dass Ryans Konten bei den einschlägigen Social-Media-Anbietern sämtlich inhaltslos und auf „privat" geschaltet waren.

Er hatte in seinem vorigen Job genug über die Auswirkungen von Datensammlung gelernt, um sich ihr so weit wie möglich zu entziehen.

Allerdings war es ungewöhnlich, dass derartige Werbepost mit einem Kurierdienst verschickt wurde. Hier hatte offenbar jemand ein recht umfangreiches Budget zur Verfügung. Falls ein genügend großer Teil davon auch in die Rätselentwicklung geflossen war, konnte der Brief vielleicht wenigstens eine gewisse Herausforderung darstellen.

Neugierig riss er den Umschlag auf.

Er sah sofort, dass er mit seiner Vermutung recht behalten hatte. Es war tatsächlich ein Rätsel, denn der Brief enthielt kein einziges Wort – nur eine Abfolge merkwürdiger Symbole.

Er drehte und wendete den Umschlag und den Briefbogen. Nichts Besonderes zu erkennen. Und vor allem: kein Absender.

Einen Moment spielte er mit dem Gedanken, sich gleich hier und jetzt an die Lösung zu machen, doch dann entschied er sich dagegen. Die Unterrichtsvorbereitung für morgen wartete. Und sosehr er Rätsel auch mochte, er wusste ja schon, was dabei herauskommen würde: ein dummer Werbespruch für irgendein Produkt, das er nicht brauchte. Was sollte es sonst sein?

Er steckte Blatt und Umschlag in seine Aktentasche und verließ den Seminarraum.

Auf dem Weg zum Ausgang sah er auf sein Telefon – ein uraltes Gerät mit Zahlenfeld und LCD-Anzeige. Es zeigte einen verpassten Anruf, mit Voicemail. Ryan kannte die Nummer gut: Es war das Bürotelefon von Jamie Pharr, einer befreundeten Anwältin.

»Ryan, hier ist Jamie. Ich dachte, wir hätten vereinbart, dass du mir keine Klienten mehr schickst, solange nicht wieder Guthaben auf dem Stiftungskonto ist. Ich hab keine Ahnung, wie das bei dir funktioniert, aber ich muss ab und zu tatsächlich Geld mit meiner Arbeit verdienen. Ruf doch bitte zurück, ja?«

Ryan seufzte. Die Stiftung. Sie war ein Projekt, das er nach seinem Ausscheiden aus dem Polizeidienst ins Leben gerufen hatte. Und als Reaktion auf die Erfahrungen in diesem Dienst. Die Grundidee der Stiftung war es, Justizopfern zu helfen – Menschen, denen von der Polizei übel mitgespielt worden war, etwa durch exzessive Gewalt, fingierte Beweise oder unzulässige Verhörmethoden. Kurz: durch Machtmissbrauch der Beamten.

Wenn Ryan danach gefragt wurde, warum ihm dieses Thema so am Herzen liege, gab er immer die gleiche Antwort. Die, die er eben auch Mr Anderson gegeben hatte: »Ich habe meine Gründe.«

Ryan hatte sein gesamtes Erspartes in der Stiftung angelegt, alle Preisgelder aus Rätselwettbewerben flossen hinein, und immer wieder warb er auch um Spenden. Trotzdem war die Stiftung ständig knapp bei Kasse, und das, obwohl Jamie die Fälle für einen Freundschaftspreis übernahm.

In Ryans Augen war das ein Zeichen dafür, dass immer mehr Menschen unter der Willkür der Sicherheitsorgane litten.

In Jamies Augen war es ein Zeichen dafür, dass Ryan weder Nein sagen noch mit Geld umgehen konnte.

Und, so musste Ryan sich eingestehen, ganz unrecht hatte sie damit wohl nicht.

Er steckte das Telefon weg. Natürlich würde er sie zurückrufen, versicherte er sich selbst. Doch erst, wenn es etwas gab,

was er ihr entgegnen konnte. Also, etwas anderes als „Du hast recht, wir haben nicht genug Geld".

Ryan dachte wieder an den Rätselbrief. Vielleicht war es ja keine Werbung, sondern ein Gewinnspiel? Die waren zwar seltener, aber sie kamen vor. Allerdings wurden Gewinnspiele normalerweise öffentlich veranstaltet und nicht in unverlangten Umschlägen ohne Absender an ahnungslose Teilnehmer geschickt. Nein, entschied Ryan, alle Zeichen deuteten noch immer auf Werbung.

Lies weiter auf Seite 072.

„Geben Sie sich keine Mühe, Hector!", rief Ryan dem grobschlächtigen Leibwächter zu, als der versuchte, die Einsturzstelle freizuräumen. „Auf dem Weg kommen wir nicht wieder hinaus."

Hector ignorierte ihn und grub weiter.

„Er hat recht", schaltete sich jetzt Smith ein. „Schauen Sie lieber, wie es auf der gegenüberliegenden Seite aussieht."

Smith deutete auf den dunklen Tunnel, der auf der anderen Seite aus der Höhle hinausführte und den bisher noch niemand aus der Gruppe erkundet hatte.

Hector folgte der Anweisung. Während er sich die Gänge genauer ansah, hielt Smith die Waffe auf Ryan und Sarah gerichtet.

Alle schwiegen angespannt.

Nach ein paar Minuten ertönte Hectors Stimme, und Ryan meinte fast, so etwas wie Unsicherheit in ihr zu hören: „Boss?"

„Ja?!", erwiderte Smith genervt.

„Boss, wo sind Sie?!"

„Na da, wo ich die ganze Zeit schon war!"

„Das ist hier das reinste Labyrinth!"

Es dauerte eine gefühlte Ewigkeit, bis Hector den Weg zu ihnen zurück gefunden hatte. Und was er berichtete, klang nicht sehr ermutigend: Kurz hinter dem Raum, in dem sie standen, verzweigte sich der Gang in unzählige Äste, die sich ebenfalls jeweils wieder und wieder verzweigten. Es schien unmöglich, herauszufinden, welches der Weg nach draußen war.

Smith fluchte leise. „Das ist … sehr unpraktisch." Er sah zu Ryan und Sarah. „Los, wir brauchen etwas, womit wir die Gänge markieren können, damit sie sich unterscheiden lassen! Was haben Sie dabei?"

Sarah wollte etwas sagen, doch Ryan kam ihr zuvor. „Ich glaube nicht, dass das nötig ist. Wir wissen etwas, das Sie nicht wissen. Nämlich, wie wir hier herauskommen!"

Smith hob die Augenbrauen. „Wie meinen Sie das?"

„Reginald Lang hatte diesen Einsturz geplant. Der Käfig um die Schatulle war so konstruiert, dass er sich nicht vermeiden ließ. Und bei der Kassette lag ein Rätsel, das uns den Weg nach draußen weisen kann." Ryan deutete auf den Einsturz hinter sich. „Nur leider ist dieses Rätsel jetzt unter mehreren Tonnen Erdreich begraben. Aber zu Ihrem Glück habe ich es mir gemerkt."

Smith lächelte. „Verstehe. Sie wollen mir also einen Handel anbieten: Ich will hier raus, Sie wissen, wie das geht. Warum sollte ich mich darauf einlassen? Ich bin bewaffnet. Wenn ich Ihre Hilfe möchte, kann ich dafür sorgen, dass ich sie bekomme – mit oder ohne Angebot."

„Solange wir hier festsitzen, ist das keine wirkliche Drohung", entgegnete Ryan. „Tatsächlich wäre der Tod durch Erschießen wahrscheinlich weniger qualvoll als das langsame Verdursten, das uns hier ansonsten droht. Das soll übrigens einer der qualvollsten Tode überhaupt sein – weil der Körper genau weiß, was ihm fehlt, und das Opfer immer panischer versucht, doch noch irgendwo Wasser aufzutreiben."

Smith schüttelte unbeeindruckt den Kopf. „Sie wären also wirklich bereit, Ihr eigenes Leben zu geben, um zu verhindern, dass ich hier herauskomme, Mr Creed? Und nicht nur Ihr eigenes. Auch noch das Ihrer Kumpanin ..."

„Sparen Sie sich die Psychospielchen!", unterbrach ihn Sarah. „Sie haben meine Tochter bedroht. Und Sie wissen genau, dass ich bereit bin, alles für sie zu tun."

Ryan warf einen Blick zu Hector, um zu sehen, wie der Leibwächter auf die Aussicht seines baldigen Todes reagierte. Falls es den grobschlächtigen Mann irgendwie verunsicherte, verbarg er es meisterhaft: Er hielt die Waffe noch immer direkt auf Ryan und Sarah gerichtet. Smith hingegen ging ein paar Sekunden lang nachdenklich auf und ab, dann trat er zu Ryan. „Ich respektiere einen talentierten Geschäftsmann. Machen wir also den Handel! Sie bringen uns alle hier heraus. Was verlangen Sie dafür?"

Ryan überlegte einen Moment, bevor er sprach. Jetzt hatte er Smith in genau der Position, in der er ihn haben wollte. Er musste nur aufpassen, dass er diese Chance korrekt nutzte.

„Zwei Dinge", sagte er schließlich. „Nummer eins: Sie versprechen mir, dass Sarah und ihrer Tochter nichts passiert."

„Wenn's weiter nichts ist, das verspreche ich Ihnen gern. Sarah hat ihre Schuldigkeit getan – es gibt keinen Grund, mir weiter die Finger schmutzig zu machen."

Sarah atmete erleichtert auf, als sie das hörte.

Ryan nickte. „Gut. Nummer zwei: Sie und Ihr Kollege werfen Ihre Schusswaffen weg. Und falls Sie draußen noch Leute haben, werden Sie die ebenfalls anweisen, ihre Waffen wegzuwerfen."

Smith lachte ungläubig. „Das meinen Sie nicht ernst, Mr Creed?! Sie können von mir nicht erwarten, dass ich meinen größten Vorteil aus der Hand gebe!"

„Sie können uns gern fesseln, wenn Sie das möchten – meinetwegen können Sie uns dabei auch noch die Pistole vor die Nase halten. Aber solange Sie und Ihre Leute uns mit Schusswaffen bedrohen, werde ich nichts tun, um Ihnen zu helfen. Werfen Sie die Waffen weg, und ich bin dabei."

Smith dachte kurz nach. Dann sagte er: „Unter einer Bedingung, Mr Creed: Ihre Hilfe wird sich nicht nur darauf erstrecken, den Weg nach draußen zu finden. Sie und Sarah werden mir so lange zur Seite stehen, bis ich die Münzen gefunden habe. Danach werde ich Sie beide gehen lassen und nie wieder behelligen." Er hielt Ryan die rechte Hand hin. „Haben wir einen Deal, Mr Creed?"

Ryan überlegte. Er traute diesem Mr Smith nicht. Andererseits ahnte er auch, dass das Rätsel, das Lang ihnen gestellt hatte, nur mithilfe des Notizbuchs zu lösen war. Und das hatte jetzt Smith. Wenn Ryan überhaupt eine Chance haben wollte, sich und Sarah hier unbeschadet herauszubringen, musste er mit dem Gangster zusammenarbeiten.

Ryan schlug in Smith' ausgestreckte Hand ein – und hoffte sehr, dass er das Richtige tat.

„Ich brauche Langs Notizen", erklärte Ryan.

„Ich dachte, das Rätsel hätte auf der Metallplatte gestanden", hakte Smith skeptisch nach.

„Das schon. Aber da stand auch noch eine Warnung an diejenigen, die *ohne Wissen* weitersuchen. Das Wissen müsste in Langs Notizen zu finden sein."

Smith zögerte kurz, dann händigte er Ryan den Band aus. „Wehe, Sie machen irgendeinen Unsinn. Falls Sie vorhaben, diese Notizen zu zerstören, werden Hector und ich keine Probleme damit haben, Ihnen beiden sehr große Schmerzen zu bereiten. Verstanden?"

Ryan schluckte und nickte.

Sarah hingegen warf Smith einen abschätzigen Blick zu. „Er

hat doch gesagt, dass er mit Ihnen zusammenarbeitet. Und auf Ryans Wort kann man sich verlassen. Auf Ihres auch, hoffe ich."

Ryan versuchte, die Diskussion auszublenden und sich an die Verse zu erinnern.

Willst dieses Rätsel du verstehen, musst du unter die Sonne sehen. Das hatte für Ryan im ersten Moment nach Nonsens geklungen, doch nun ahnte er, was damit gemeint war.

Er blätterte fieberhaft in dem Notizbuch, bis er auf die Zeichnung einer Sonne stieß – und darunter war etwas zu sehen, was vielleicht eine Karte ergeben könnte.

Das konnte kein Zufall sein! Aber was bedeuteten die anderen Verse, die er auf der Metallplatte gesehen hatte?

Die Lösung auf den Kopf gebracht,
Gibst du nur auf Symbole acht.
Zuerst abstrakt, was du da liest,
Sich bald darauf der Code erschließt.

Ryan nahm sich ein Stück Kohle und begann, damit auf dem Höhlenboden zu zeichnen.

Du musst nicht mit Kohle auf den Boden zeichnen. Aber eine Schere könnte weiterhelfen. Dann kannst du die Teile sicher zu einer Karte zusammensetzen. Aber was haben die Verse aus Langs Notizbuch damit zu tun?

Als Ryan zwei Tage später das Collegegebäude betrat, eilte ihm Travis aufgeregt entgegen. „Ryan, was tust du denn schon hier?! Wir hatten doch vereinbart, dass du erst …"

„Keine Panik", unterbrach ihn Ryan. „Wenn du beim Dekanat anrufst, wirst du erfahren, dass die Spende komplett auf dem Konto eingegangen ist und dass alle Bedingungen über meine Abwesenheit gestrichen wurden. Ich darf wieder hier sein."

Der rundliche Mann sah Ryan überrumpelt an. „Ja … aber …", stotterte er. „Wieso sagt mir so was denn niemand?! Das wirft ja wieder die ganze Stundenplanung über den Haufen!"

Ryan gab ihm einen beruhigenden Klaps auf die Schultern. „Kein Problem! Das hab ich schon längst geregelt."

Auf dem Weg zum Seminarraum sah er, dass er wieder eine Voicemail-Nachricht bekommen hatte. Von Jamie. Verdammt, er hatte völlig verpennt, sie zurückzurufen!

Rasch hörte er die Nachricht ab.

„Ryan, ich hab keine Ahnung, was jetzt wieder los ist, aber … wo kommt das ganze Geld auf dem Stiftungskonto her? Gibt es dafür irgendwelche Belege? Ich meine, ich freue mich ja, aber kannst du dir vorstellen, wie das Finanzamt gucken wird, wenn wir denen die Kontoauszüge präsentieren? Ruf mich doch bitte zurück, ja?"

Er musste grinsen. Typisch Jamie. Wenn sie einen geschenkten Gaul sah, rechnete sie erst einmal zusammen, was man wohl für Futter, Unterbringung und Impfungen aufwenden musste.

Er würde sie natürlich zurückrufen. Aber erst nach seiner ersten Stunde.

„Guten Morgen allerseits!", begrüßte er seinen Kurs. „Ich hoffe, Sie haben mir in meiner Abwesenheit keine Schande gemacht." Er ging an die Tafel und zeichnete etwas darauf.

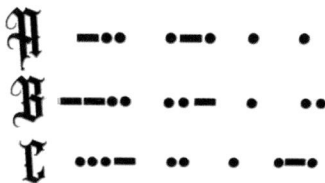

„Wissen Sie, was das ist?", fragte er in die Runde und beantwortete seine Frage gleich selbst. „Natürlich wissen Sie es: Es ist ein Morsecode. Aber diese spezielle Nachricht ist auch ein großartiges Beispiel dafür, dass sich altbekannte Verschlüsselungen auf sehr unerwartete Weise einsetzen lassen ..."

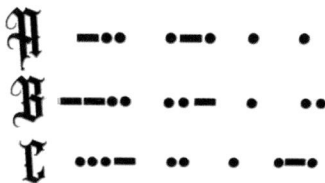Auf Seite 184 findest du heraus, wie du dich geschlagen hast.

Sarah lachte. „*Das* ist die Lösung?! Dieser Lang war echt ein durchtriebener Kerl!"

Ryan nickte. „Ich hätte ihn gern einmal kennengelernt. Ich glaube, wir hätten uns gut verstanden."

„Wann bist du darauf gekommen?", wollte Sarah wissen.

„Nachdem ich alles Offensichtlichere ausgeschlossen hatte. Ein direkter Code wäre zu primitiv gewesen und ein simples Wortspiel mit Langs Nachnamen zu einfach."

Power klatschte in die Hände. „Ihr Zwiegespräch in allen Ehren, aber es wird langsam spät und ich würde gern vor Sonnenuntergang wieder von hier wegkommen. Machen Sie mir die Freude und öffnen Sie den Tresor, Mr Creed!"

Das Schloss und die Scharniere hatte durch die Jahrzehnte merklich gelitten. Auch mit der richtigen Kombination kostete es Ryan eine Menge Kraft, den Safe zu öffnen. Einen Moment lang glaubte er schon, seine Finte mit der zugerosteten Tür würde unversehens zur Wahrheit. Doch dann endlich bewegte sie sich. Langsam und stockend nur, aber sie gab Zentimeter um Zentimeter den Blick auf den Inhalt des Tresors frei.

Es war ein Stoffbeutel in einem dunklen Blau. Ryans Finger zitterten, als er hineinschaute, und tatsächlich: Darin befanden sich dreißig Goldmünzen. Dreißig 1933er Double Eagles! Jede einzelne Münze war mehr wert, als Ryan in seinem ganzen bisherigen Leben verdient hatte.

Es war ein eigenartiges Gefühl, so viel Reichtum auf so engem Raum zu sehen – und der unwirkliche Glanz des Goldes machte es noch surrealer.

Sarah stand neben ihm und schaute ebenfalls mit großen

Augen in den Stoffbeutel. „Wow – dafür haben wir also unser Leben riskiert."

Power räusperte sich. „Wenn Sie nichts dagegen haben, würde ich jetzt gern mein Eigentum in Empfang nehmen."

„*Was*? Ach, natürlich." Ryan wandte sich um und wollte den Beutel zu Power bringen, doch der hob abwehrend die Hand.

„Das wird nicht nötig sein. Legen sie ihn einfach wieder in den Tresor. Meine Leute kümmern sich direkt vor Ort darum."

Zwei Frauen aus Powers Truppe waren inzwischen wieder zurückgekehrt, nachdem sie die Gefangenen weggebracht hatten. Eine nahm Power den Koffer ab, den er trug, die andere zog ein kleines Gerät mit einem Gaskanister hervor, das für Ryan aussah wie ein Schneidbrenner.

„Treten Sie lieber einen Schritt zurück", empfahl Power Ryan und Sarah. „Das könnte sonst etwas unangenehm werden. Die Damen sind dafür ausgebildet."

„Was haben Sie vor?", wunderte sich Ryan. „Wollen Sie den Tresor zerlegen?"

Will schüttelte den Kopf. „Ich bin, wie gesagt, nur an seinem Inhalt interessiert."

Ryan sah Sarah fragend an, die nur mit den Schultern zuckte.

Die beiden Frauen öffneten den Koffer und nahmen ein schwarzes, merkwürdig dickwandiges Gefäß heraus, in das sie einen metallenen Einsatz hängten. Dann nahmen sie die Münzen aus dem Beutel und legten sie in diesen Einsatz.

Ryan blickte auf den Schneidbrenner und das Gefäß und verstand plötzlich, was Power vorhatte. Das war eine Vorrichtung, um die Münzen einzuschmelzen! „Das können Sie nicht ma-

chen, Power!", rief Ryan aufgeregt. „Diese Münzen sind uner-
setzlich!"

„Sie haben es doch selbst gesagt, Will: Der Materialwert ist
praktisch nichts, verglichen mit ihrem Sammlerwert!", stimmte Sarah Ryan zu. „Wieso wollen Sie so etwas zerstören? Hing
nicht ihr Herz daran? Das ist verrückt!"

Power gab den beiden Frauen aus seiner Truppe ein Zeichen,
ihre Arbeit zu unterbrechen. Er beugte sich über die Grube,
nahm eine der Münzen aus dem Gefäß und hielt sie Ryan und
Sarah vors Gesicht.

„Das ist das, hinter dem Sie die ganze Zeit hergejagt sind.
Dreißig Goldstücke. Ich weiß nicht, wie bibelfest Sie sind,
Creed, aber die Parallele ist Ihnen bestimmt in den Sinn ge-
kommen, oder?"

„Bisher nicht", gab Ryan zu, „doch jetzt, wo Sie es sagen, weiß
ich, was sie meinen. Dreißig Silberlinge. Der Lohn für den Ver-
rat an Christus."

„Zumindest wenn man dem Evangelisten Matthäus Glauben
schenkt", bestätigte Power. „Wissen Sie, wie viel das damals
war?"

Ryan schüttelte den Kopf.

„Vergleichsweise wenig", fuhr Power fort. „Bestenfalls das
Vierfache eines durchschnittlichen Monatslohns, vielleicht
auch weniger. Es kommt dabei nicht einmal darauf an, ob sich
die Geschichte nun genau so zugetragen hat oder nicht. Wichtig ist: Sie klang für das Publikum des Matthäusevangeliums
plausibel. Die hörten das und dachten sich: Ja, das ist vorstell-
bar. Es ist zwar furchtbar, dass jemand für so eine Summe den
Sohn Gottes verrät, aber es klingt nicht völlig absurd."

„Ich habe keine Ahnung, worauf Sie damit hinauswollen, Power", warf Ryan ein.

„Sie wissen, wie viel jede dieser Münzen wert ist, Creed. Und Sie haben auch gesehen, wozu dieser Wert andere Leute getrieben hat. Smith war bereit, über Leichen zu gehen, um sie zu bekommen. Und glauben Sie mir, er ist nicht der Einzige. Solange diese Münzen existieren, wird es Menschen geben, die ihretwegen Leid über die Welt bringen. Nur um eine Handvoll Atome zu besitzen, die zu einem ganz bestimmten Zeitpunkt in eine ganz bestimmte Ordnung gebracht wurden. Wäre das Ganze ein Jahr früher oder ein paar Jahrzehnte später passiert, würde kein Hahn danach krähen."

Power warf die millionenteure Münze lässig zurück in die Schmelzform und gab den beiden Frauen ein Zeichen, mit ihrer Arbeit fortzufahren.

„Ich zerstöre diese Anordnung, und was zurückbleibt, ist eine simple Edelmetalllegierung. Immer noch wertvoll. Aber kein Magnet für die Gierhälse und Nimmersatte dieser Welt. Ich tue der Menschheit damit einen Gefallen."

„Und das ist etwas, was Sie mal eben so allein entscheiden können, ja?", sagte Ryan in anklagendem Ton. „Sie bestimmen, was gut für die Menschheit ist?"

„Ich bin ein Anhänger der Philosophie, dass jeder Mensch die Welt nach seinen Möglichkeiten verbessern sollte. Und meine Möglichkeiten sind nun mal etwas vielfältiger als die der meisten anderen Menschen."

Mit einem dunklen Rauschen schoss die bläuliche Flamme des Schneidbrenners hervor. Eine der Frauen brachte sie ganz nah an die Münzen, die in dem Metallkorb lagen, und Ryan

und Sarah mussten mit ansehen, wie die unersetzlichen Stücke sich langsam verformten wie Schokolade, die zu lange in der Sonne gelegen hatte, und dann nach und nach in die feuerfeste Form tropften, bis keine einzige Münze mehr übrig war.

Keine einzige Münze ... Plötzlich verstand Ryan, tonnenschwer wog die Erkenntnis. Er lachte höhnisch auf. „Ihr Gerede von der Weltrettung hätten Sie sich sparen können, Power. In Wirklichkeit geht es Ihnen doch nur darum, Ihre Investition zu schützen! Stimmt's?"

Power sah Ryan freundlich an. „Fahren Sie fort, Mr Creed."

„Sie haben mir gesagt, dass es nur einen 1933er Double Eagle gibt, der sich in Privatbesitz befindet. Aber Sie haben nie gesagt, wer der Besitzer dieser Münze ist." Creed zeigte direkt auf Power. „Sie sind es, hab ich recht?"

Power lächelte. „Schuldig im Sinne der Anklage."

Sarah blieb der Mund offen stehen. „Das heißt ... es ging Ihnen nur um den Wert Ihrer Münze! Sie wollten nicht, dass ihr Preis gedrückt wird, wenn plötzlich dreißig weitere Exemplare auftauchen. Dann wäre sie ja nicht mehr einzigartig gewesen."

Ryan nickte. „Und all die noblen Erklärungen waren nichts als Feigenblätter, um davon abzulenken."

Power blieb unbeeindruckt. „Glauben Sie wirklich, Mr Creed? Wäre es nicht möglich, dass ich sowohl der Menschheit als auch mir selbst einen Dienst erwiesen habe?"

Ryan schnaubte verächtlich. „Ich glaube nicht, dass Sie wirklich in der Lage sind, etwas Selbstloses zu tun, Power. Sie widern mich an."

Will Power zog sein Scheckheft hervor. „Das bedaure ich

sehr. Trotzdem möchte ich natürlich meine Schulden begleichen. Wir hatten uns ja bereits auf eine Summe geeinigt."

Power schrieb und hielt Ryan den Scheck hin.

Ryan überlegte einen Moment, ob er wirklich Geld von diesem Mann annehmen wollte.

Power schien Ryans Gedanken zu erraten. „Ich erwarte nicht, dass Sie mich mögen, Mr Creed, und ich erwarte auch nicht, dass Sie alles gutheißen, was ich tue. Aber ich glaube, dass es Angelegenheiten gibt, in denen sich unsere Interessen überschneiden. Und ich glaube auch, dass ich auf Ihre Unterstützung zählen kann, wenn es wieder einmal so weit sein sollte."

„Das glaube ich nicht, Sir", erwiderte Ryan. Doch er nahm den Scheck an.

Power wandte sich an Sarah. „Übrigens, Sarah? Ich habe inzwischen von Ihrem Handel mit Mr Smith erfahren."

Sarah hielt seinem Blick stand. „Ich hatte keine andere Wahl, Will. Er hat meine Tochter bedroht."

Will schüttelte den Kopf. „Natürlich hätten Sie eine andere Wahl gehabt! Sie hätten mich einweihen können. Und ich erwarte von Ihnen, dass Sie das beim nächsten Mal tun. Ich kenne Leute, die sich wunderbar um solche Sachen kümmern können."

Sarah sah Power überrascht an. „Das heißt ... ich bin nicht gefeuert?"

„Wenn ich alle Leute feuern würde, denen ihre Familie wichtiger ist als ihr Job, wäre ich am Ende nur noch von egozentrischen Idioten umgeben. Und das wäre nicht gut fürs Geschäft."

Power wandte sich ab und ging in Richtung der Grube mit dem Safe. Auf dem Weg hielt er noch einmal an und drehte

sich um. „Ach ja, Sarah. Nehmen Sie sich frei. Gehen Sie an den Strand. Das haben Sie und Ihre Tochter sich verdient."

Sarah seufzte. „Sie wissen schon, dass das eine ganz furchtbar patriarchalisch herablassende Geste ist, oder, Will? Der weiblichen Angestellten gönnerhaft ein paar Strandtage mit dem Kind zu spendieren."

„Nun gut, wenn's Ihnen lieber ist, dürfen Sie gern ohne Unterbrechung weiterarbeiten."

Sarah grinste. „Nein danke. Manchmal ist es vernünftig, sich auf einen Handel mit dem Patriarchat einzulassen, damit man es mit seinen eigenen Waffen schlagen kann."

Während Power zu den beiden Frauen in die Grube hinabstieg, sah Ryan Sarah überrascht an. „Hätte ich jetzt nicht erwartet, dass in dir eine flammende Feministin schlummert."

Sarah lächelte. „Es gibt eine Menge Seiten von mir, die du noch nicht kennst." Sie zögerte und blickte kurz zu Boden, bevor sie fortfuhr. „Wenn du willst, können wir das ändern."

Ryan sah ebenfalls zu Boden. „Ich ... ich glaube, das wäre nicht das Richtige für mich. Das hier, das ist nicht meine Welt."

„Du hast dich gut geschlagen."

„Ja – aber eigentlich *will* ich mich gar nicht in so einer Sache gut schlagen. Ich hab mir bei uns am College etwas aufgebaut. Etwas, womit ich den Menschen helfen kann, die es wirklich verdienen." Er warf einen Seitenblick auf Will Power. „Und nicht denen, die es sich leisten können. Für dich wäre so etwas nichts. Zu langweilig. So, wie dein Leben mir zu aufregend ist."

Sarah strich sich nachdenklich durchs Haar. „Euer College

sah schon irgendwie sympathisch aus. Bist du dir sicher, dass die da keine Hubschrauberpilotin brauchen?"

„Eher selten. Und Schlösser müssen auch nicht oft geknackt werden. Und wenn, macht das der Hausmeister."

Sarah musste lächeln. „Aber Karate. Ihr habt doch bestimmt Bedarf für eine Karatekämpferin?"

Auch Ryan konnte sich ein Grinsen nicht verkneifen. „Klar. Karate und Kryptografie sind ja praktisch zwei Seiten einer Medaille."

„Fangen auch beide mit K an", bestätigte Sarah.

Einen Moment lang schwiegen sie. Dann sah Sarah ihn ernst an. „Ich glaub trotzdem, dass du recht hast. Das Collegeleben und der Mittlere Westen wären nichts für mich. Viel zu ungefährlich. Schade."

Ryan nickte. „Ja, schade. Vielleicht komm ich dich mal besuchen."

Er glaubte selbst nicht daran, als er es aussprach. Dennoch fühlte es sich in diesem Moment richtig an, es zu sagen. Denn der Wunsch war echt: Er würde gern wiederkommen. Doch er wusste, dass er es nicht tun würde.

Sarah schien ähnlich zu denken. „Dein Hotel ist noch für ein paar Tage gebucht ...", sagte sie.

„Danke, aber ich glaube, es ist am besten, wenn ich so schnell wie möglich wieder zurückfahre." Er zupfte an dem Holzfällerhemd. „Zumindest, sobald ich dieses Spionagehemd losgeworden bin."

„Deine Sachen liegen noch in diesem Motel. Wenn du willst, flieg ich dich hin. Und von da aus dann gleich weiter zum Flughafen."

Ryan stutzte. „Du willst mit einem Hubschrauber am Motel landen?!"

Sarah grinste. „Wieso nicht? Ich war auf dem Parkplatz. Da war nirgendwo ein Schild, auf dem steht, dass man das nicht darf."

Er lachte auf. „Also gut! Ich muss ja etwas zu erzählen haben, wenn ich wieder zu Hause bin."

Er folgte Sarah zu dem Hubschrauber, mit dem Smith sie hergebracht hatte.

Lies weiter auf Seite 021.

Smith fuchtelte mit der Waffe. „Los, Creed, machen Sie schon! Öffnen Sie den Tresor!"

Langsam drehte Ryan das Rad des Schlosses. Würde diese Kombination den Safe öffnen? Und falls ja, was würde dann mit Sarah und ihm passieren? Und falls nicht, hätte Smith dann die Geduld für einen weiteren Versuch?

Es gab nur einen Weg, das herauszufinden. Ryan stellte die letzte Ziffer ein und rüttelte an der Tresortür. Sie war noch immer fest verschlossen!

Smith verlor nun langsam die Geduld. „Sie spielen mit Ihrem Leben, Creed! Wenn Sie es nicht schaffen, diesen Tresor zu öffnen, sind Sie ein toter Mann!"

Das war ein kreativer Ansatz! Merke ihn dir für
später, denn du bist schon auf dem richtigen Weg.
Aber noch bist du nicht am Ziel.
Sieh dir Langs Rätsel auf Seite 125
noch einmal an.

Ryan und Sarah starrten ungläubig auf Smith, der am Boden lag und sich das blutende Bein hielt.

Dann bemerkten sie eine Bewegung in der Ferne. Ein Schütze in Tarnkleidung rannte zu ihnen herüber, gefolgt von drei weiteren Männern und Frauen in Kampfmontur!

Sie alle waren offensichtlich gut trainiert, denn sie brauchten nur Sekunden, um die Strecke zu überbrücken, und schienen danach nicht einmal außer Atem zu sein.

Der Trupp handelte wortlos und wie ein eingespieltes Team. Drei von ihnen nahmen sich je einen der Gangster vor und fesselten ihn, und der letzte zog ein Messer und zerschnitt Sarahs Fesseln.

Ryan begann zu ahnen, was hier passierte – und einen Moment später wurde seine Ahnung zur Gewissheit. Ein hochgewachsener, kahlköpfiger Mann mit einem Köfferchen in der Hand trat entspannt aus dem Wald: Will Power!

„Entschuldigen Sie, dass ich nicht früher kommen konnte. Meine Leute mussten den Hubschrauber so weit entfernt parken, dass man ihn nicht hören konnte.“

Ryan kletterte aus der Grube und deutete auf die Kämpfer. „Sie haben eine Privatarmee?“

„Das nicht gerade – aber ich bin ein Mann, der weiß, wo man bekommen kann, was man so braucht.“

„Und wie haben Sie uns hier gefunden?“, wunderte sich Ryan.

Power lächelte. „Das ist eine Ironie, die gerade Ihnen gefallen dürfte.“ Power klopfte ihm auf die Schulter. „Sie haben die ganze Zeit selbst dafür gesorgt.“

Ryan brauchte einen Moment, um zu verstehen, was er meinte. „Die Kleidung ...?“

Power nickte. „Normalerweise hätte ich ein Trackingprogramm auf Ihrem Handy installiert. Aber erstens wäre das jemandem mit Ihrer Expertise womöglich aufgefallen, und zweitens ist Ihr Telefon dafür schlicht zu antik, wenn Sie mir die Formulierung verzeihen. Deswegen habe ich extra für Sie diese Spezialanfertigungen in Auftrag gegeben."

Power deutete auf die Ärmel des Hemds. „In den Nähten sind Hochleistungsantennen eingearbeitet, in den Schultern GPS-Empfänger und im Saum ein Sender mit genug Batterieleistung für drei Tage. Schon faszinierend, wie klein Elektronik heutzutage sein kann, wenn man sie sich leisten kann, finden Sie nicht?"

Ryan war sprachlos. Er wandte sich an Sarah. „Wusstest du davon?"

Sarah schüttelte den Kopf. „Nein, aber ich hätte es mir eigentlich denken können."

Ryan sah, dass die Truppe Smith und seine Kumpane abführte.

„Er sagte, dass Sie und er schon eine Vergangenheit hätten?", fragte er Power.

Der nickte. „Ich glaube, ich habe mit meinen Aktivitäten ein paar seiner Sandburgen zertrampelt. Nicht, dass mir das leidtäte. Meine Geschäfte sind erstens profitabler als seine und haben zweitens den Vorzug, legal zu sein."

„So etwas Ähnliches hatte ich mir schon gedacht", erwiderte Ryan. „Und was passiert jetzt mit ihm und seinen Leuten?"

„Ich habe gute Beziehungen zu den örtlichen Behörden. Da gibt es einige Leute, die schon sehr lang hinter diesen Typen her sind und denen es im Zweifel nicht ganz so wichtig ist, wie genau sie an sie herankommen."

Ryan schüttelte den Kopf. „Sie glauben wohl, Sie können sich alles kaufen, oder?"

„Ich glaube es nicht, Mr Creed. Ich weiß es. Genauso wie ich weiß, dass diese Tresortür nicht wirklich zugerostet ist. Das, was Sie Smith gegeben haben, war nicht die richtige Lösung, oder?"

Ryan seufzte. Der Widerling hatte recht. „Es stimmt. Die Safetür klemmt nicht. Sie ist immer noch abgeschlossen."

Sarah schaute ihn verwundert an. „Aber du hast ihm doch den Lösungsweg erklärt!"

„Der Lösungsweg war Unsinn. Und der Morsecode war falsch!", erklärte Ryan. Er kletterte in die Grube, zog den Ärmel seines Hemds ... seines *gottverdammten Spionagesender-Hemds* ... etwas übers Handgelenk und wischte über die Zeichen auf dem Tresor – und die veränderten sich plötzlich!

„Ich hatte noch das Kohlestück aus der Mine dabei", fuhr Ryan fort. „Und ich brauchte Zeit, um diese Kerle hinzuhalten. Darum habe ich dafür gesorgt, dass das Rätsel unmöglich zu lösen war." Er lächelte leicht. „Jetzt hingegen sollte es sich lösen lassen."

Sarah stutzte, als sie den Morsecode entzifferte. „Okay, das hört sich ein bisschen nach lokalem Dialekt an, aber eigentlich ist das doch nur Kauderwelsch."

Ryan nickte. „Stimmt, aber ich habe gesehen, dass man aus dem Kauderwelsch durch Hinzufügen und Entfernen von Strichen und Punkten relativ einfach drei Zahlwörter bilden kann, die Smith auf eine falsche Fährte locken. Der wahre Trick verbirgt sich aber an anderer Stelle. Kommst du drauf?" Er sah Sarah gespannt an.

Sarah konnte sich *auf den Kopf stellen*, aber sie kam einfach nicht auf die Lösung. Was ist mit dir? Kommst du auf die Lösung? Es hat immer noch etwas mit dem Namen selbst zu tun.

Ryan erläuterte Sarah das Konzept des Rätsels. „Diese ganzen Kohlehaufen und Holzstapel muss tatsächlich Reginald Lang hier hinterlassen haben. Das muss ein Haufen Arbeit gewesen sein."

„Er hat das für seinen Sohn gemacht", murmelte Sarah.

„Wie meinst du das?"

„Na ja – er wollte die Münzen doch seinem Sohn Nathan hinterlassen. Dafür hat er bestimmt gern alle Mühe in Kauf genommen."

Sie bogen in den Gang, den Ryan als den richtigen erkannt hatte.

„Meinst du, dass Nathan noch am Leben war, als Reginald das Versteck hier konstruiert hat?", überlegte Ryan. „Es hat sicher eine Weile gedauert, alles vorzubereiten, vielleicht war Nathan da auch schon tot."

„Nein!", entgegnete Sarah unerwartet heftig. „Wenn sein Sohn tot gewesen wäre, hätte Reginald Lang das nicht mehr durchgezogen. Dann wäre ihm alles egal gewesen."

Ryan sah sie überrascht an. Sarahs Gesicht hatte einen verbissenen Ausdruck angenommen, und sie schien mehr in die Ferne zu starren, als sich auf den Weg zu konzentrieren.

Er blieb stehen. „Stopp! Jetzt rede bitte endlich mal Klartext! Du benimmst dich plötzlich verdammt merkwürdig. Ich will wissen, was los ist!"

Sarah sagte nichts, sondern machte ein Zeichen, er solle ihr weiter folgen. Doch Ryan blieb hart. „Was soll das? Wieso redest du nicht mit mir?"

Sarah wiederholte ihre stumme Geste. Dabei sah sie Ryan direkt an, und er bemerkte, dass sie Tränen in den Augen hatte.

Er hatte keine Ahnung, was los war, aber ihm wurde klar, dass es nichts brachte, Sarah weiter in die Enge zu treiben. Er folgte ihr tiefer in die Mine.

Ein paar Minuten gingen sie wortlos nebeneinanderher. Sie stießen auf eine rostige Grubenlore, die vor einer Tunneleinfahrt aus ihren Schienen gesprungen war.

Laut Karte mussten sie durch diesen Tunnel hindurch.

Ohne ein Wort miteinander zu wechseln, hievten sie das Fahrzeug aus dem Weg, dann zwängten sie sich nacheinander gebückt durch den Lorentunnel.

Sarah schwieg noch immer. Ryan drängte sie nicht. Er vertraute darauf, dass sie ihm irgendwann sagen würde, was los war.

Als sie auf der anderen Seite des Tunnels herauskamen, blieb Sarah stehen und zog ihr Handy hervor.

„Null Empfang", murmelte sie. „Gut, dann sind wir wohl tief genug."

Sarah tippte einen Moment auf ihrem Telefon und zeigte Ryan das Foto eines Mädchens. Das gleiche schmale Gesicht wie Sarah, die gleichen dunklen Haare. „Das ist Cathy", sagte sie leise. „Meine Tochter."

Ryan nickte, aber er verstand nicht, worauf sie hinauswollte.

„Mir geht es wie Reginald Lang", fuhr Sarah fort. „Ihretwegen mache ich das hier. Nur ihretwegen."

„Was meinst du?", fragte Ryan vorsichtig. „Bei Power arbeiten?"

„Nein, das nicht. Sondern ..." Sarahs Stimme stockte. Sie sammelte sich einen Moment, dann fuhr sie fort: „Die Typen aus dem SUV – sie haben mir gedroht. Dass sie Cathy etwas antun würden."

„Was? Wann?"

„Schon vor ein paar Wochen. Sie müssen irgendwie mitbekommen haben, dass Will das Buch gefunden hatte. An ihn direkt haben sie sich nicht rangetraut … aber an mich." Sarah sah zu Boden. „Sie haben mir Bilder von Cathy gezeigt. Von ganz nah aufgenommen. Und gesagt, dass sie sich Cathy jederzeit holen könnten."

„Hast du der Polizei davon erzählt? Oder Will?"

Sarah schüttelte den Kopf. „Sie haben gesagt, wenn irgendjemand davon erfährt, würde ich Cathy nie wiedersehen. Das Risiko konnte ich nicht eingehen." Sarah öffnete ihre Weste und leuchtete mit der Taschenlampe auf eine dunkle Kugel, die in der Nähe des Kragens war. „Das ist ein Mikrofon. Mit Sender. Sie können mich ständig abhören. Nur hier unten nicht – hoffe ich zumindest."

Ryan starrte Sarah an. „Deswegen wussten die Kerle, wo wir waren? Weil sie ständig mitgehört haben?!"

„Ich hab versucht, sie davon abzuhalten, mir so dicht zu folgen. Wenn du nicht mit im Raum warst, hab ich ins Mikrofon gesprochen, um ihnen zu erklären, dass sie mir vertrauen können und mich nicht ständig im Blick haben müssten – aber es hat nichts genützt."

Ryan atmete scharf aus. „Weißt du, was das für Typen sind?"

„Ihr Anführer nennt sich Smith. Ist bestimmt nicht sein richtiger Name."

Ryan lachte auf. „Will Power und Mr Smith – wieso geben sich die Leute bloß immer so alberne Pseudonyme?" Er sah zu Sarah. „Und was war dein Plan? Warum hast du ihnen nicht einfach das Notizbuch gegeben?"

„Sie haben gehört, dass du kommen würdest, und wollten dich die Arbeit machen lassen."

„Verstehe – ich finde die Münzen, dann kommen diese Kerle und kassieren sie ein. So in etwa?"

Sarah nickte traurig. „Ich hätte dich wirklich gern da rausgehalten. Deswegen wollte ich ja auch nicht, dass du mit mir hier reinkommst."

„Du wolltest dich mit den Münzen absetzen und sie zu Smith bringen."

„Das hätte dich rausgehalten", rechtfertigte sie sich.

Ryan schwieg einen Moment. „Wo ist Cathy jetzt?"

„Bei meiner Mutter. Das war schon länger abgemacht. Mom weiß von nichts. Solange ich mich an die Regeln halte, passiert den beiden nichts."

„Was ist mit Cathys Vater?"

Sie seufzte. „Das wüsste ich auch gern. Sag mir Bescheid, falls du das Arschloch irgendwo findest."

Ryan lehnte sich gegen die Wand des Ganges und versuchte, das, was er gehört hatte, irgendwie zu verdauen. „Eines verstehe ich nicht", sagte er schließlich. „Soweit ich das sehen kann, bist du eine verdammt starke Frau. Also, ich zumindest hätte Angst vor dir, und ..."

„Lass das!", unterbrach ihn Sarah energisch. „Versuch jetzt bitte nicht, das irgendwie auf die alte Männer-Frauen-Nummer runterzubrechen, ja?! Es geht hier nicht um mich als Frau – es geht um mich als Elternteil. Jeder Vater und jede andere Mutter hätte an meiner Stelle genauso gehandelt. Und es tut mir auch nicht leid, was ich getan habe. Es tut mir nur leid, dass ich dich mit reingezogen habe."

Es wäre für Ryan leicht gewesen, sie dafür zu verurteilen. Sarah mochte glauben, dass sie keinen anderen Ausweg gehabt hatte, aber Ryan war sich dessen nicht so sicher. Sie hatte einen Arbeitgeber mit praktisch unbegrenztem Vermögen, sie hatte selbst eine Menge außergewöhnlicher Talente und offensichtlich auch viel Erfahrung darin, sich in juristischen Grauzonen zu bewegen.

War sie nicht zu klug, um sich in so eine Lage manövrieren zu lassen?

Vielleicht. Doch Ryan wusste selbst nur allzu gut, dass Intelligenz und Erfahrung nicht immer vor dummen, folgenreichen Fehlern schützten …

„Creed! Was gibt's Neues aus der spannenden Welt des Cybercrime?" Marcus war in Ryans Büro gekommen, ohne anzuklopfen. Wie üblich.

„Dass ich meine Bestzeit im Sudoku um fünf Sekunden unterboten habe", erwiderte Ryan trocken.

„Uncle Sam bezahlt dir echt zu viel Geld."

„Das sag ich ja schon seit Jahren. Und trotzdem habt ihr mich eingestellt."

Der Deal mit dem FBI hatte sich für Ryan als Glücksgriff entpuppt. Nicht nur, dass die Anklagepunkte gegen ihn fallen gelassen worden waren, er hatte auch noch einen lukrativen Beratervertrag bekommen – und nach dem Highschoolabschluss direkt eine Vollzeitstelle.

Natürlich gab es langweilige Tage. So wie heute etwa. Stundenlang einem Rechner dabei zuzusehen, wie er eine Festplatte entschlüsselte, war alles andere als unterhaltsam. Dennoch: Im

Großen und Ganzen hatte Ryan seinen Traumjob gefunden. Jeder Tag barg neue Herausforderungen und Rätsel, und wann immer es ihm gelang, eine besonders knifflige Aufgabe zu lösen, war da auch noch das gute Gefühl, der Gerechtigkeit einen Dienst erwiesen zu haben.

Das Beste am Job aber waren die Kolleginnen und Kollegen. Allen voran Marcus. Der Agent hatte sich von Anfang an intensiv um Ryan gekümmert. Er hatte Ryans Computerkenntnisse vor dessen Eltern so sehr gelobt, dass die am Ende beinahe stolz auf ihren Jungen waren, obwohl er gerade vom FBI erwischt worden war. Und Marcus hatte auch dafür gesorgt, dass Ryan sich schnell im Behördenalltag zurechtfand. Er hatte Türen geöffnet, rote Teppiche ausgerollt, das volle Programm.

Und es war nicht so, dass er Ryan damit irgendwie bevorzugt hätte. Nein, so behandelte Marcus ausnahmslos alle aus der Abteilung. Er war der Typ, der im Sommer zum Barbecue einlud, derjenige, der Rundmails schrieb, um für Geburtstagsgeschenke zu sammeln, und der immer als Erster etwas gab, wenn jemand Spenden für einen guten Zweck sammelte.

Und daneben war er auch noch ein verdammt fähiger Cop.

Ganz klar: Marcus war einer von den Guten. Das hatte Ryan schon damals bemerkt, als er sich mit ihm an den Küchentisch gesetzt hatte, und es hatte sich auch danach immer wieder bestätigt.

„Ich brauch mal deine Hilfe", hatte Marcus ihm an diesem Tag erklärt. „Handyüberwachung eines Dealers. Wenn möglich, mit Bewegungsprotokoll."

Ryan setzte sich am Schreibtisch auf und nahm einen Notizblock zur Hand. „Smartphone oder alter Knochen?"

„Smartphone. Betriebssystem wissen wir nicht."

„Macht nichts. Lässt sich rausfinden. Nummer habt ihr, oder?"

„Klar." Marcus reichte ihm einen Zettel.

„Okay. Sobald du den Gerichtsbeschluss dahast, setze ich mich dran."

Marcus zögerte kurz, dann schloss er die Bürotür. „Den hab ich gerade nicht da."

„Was soll das heißen, ‚nicht da'?"

Marcus sah betreten zu Boden. „Ich war spät dran. Wir haben in letzter Minute erfahren, dass ein Deal steigen soll. Ich hab den Papierkram fertig gemacht, aber beim Gericht lassen sie sich Zeit."

Ryan kannte das Problem. Die Justiz hatte nicht immer die gleiche Auffassung von Dringlichkeit wie die Ermittlungsbehörden.

„Du weißt, dass du nichts davon vor Gericht verwenden darfst, wenn du keinen Beschluss hast?"

„Ich mach den Job schon ein paar Jahrzehnte länger als du. Und du kennst mich doch. Natürlich pass ich auf. Ich will einfach nur bereit sein für den Moment, wenn der Wisch kommt und wir die Daten nutzen dürfen. Alles, was wir bis dahin sammeln sollten, geht ungesehen in die Tonne. Und falls der Beschluss gar nicht kommt, machst du den Hack rückgängig. Einverstanden?"

Ryan seufzte. Ganz sauber war das nicht. Wenn die Verteidigung in einem Prozess Wind davon bekäme, wäre die komplette Beweisaufnahme angreifbar.

„Das ist echt dringend", unterbrach Marcus seine Gedanken. „Wir sind seit über einem Jahr an der Sache dran. Wir sind uns schon verdammt sicher, was da vor sich geht, aber wir haben noch nicht genug Beweise, um sie hopszunehmen. Und wenn wir jetzt nicht zugreifen, sind die Typen wahrscheinlich übermorgen in Südamerika und wir sehen sie nie wieder. Insofern haben wir nichts zu verlieren."

Ryan sah auf die Telefonnummer, die Marcus ihm aufgeschrieben hatte. „Okay. Ich mach's. Aber sieh zu, dass du die Kerle dann auch schnappst, verstanden?"

„Klar. Ehrensache!"

Vor dem internen Untersuchungsausschuss hatte Ryan später ausgesagt, Marcus' Argumente hätten ihn überzeugt. Das stimmte sogar, und es war beschämend genug. Denn mit etwas Abstand war ihm schnell klar geworden, wie dünn und durchschaubar die Ausreden waren, und wie leicht es gewesen wäre, sie auszuschlagen.

Doch das war nicht das, wofür Ryan sich am meisten schämte. Was ihm wirklich zu schaffen machte und was er damals dem Ausschuss verschwiegen hatte, war: Er hatte es gemacht, weil er sich gelangweilt hatte. Die Aussicht auf noch ein paar Stunden stupiden Computer-Babysittings war ihm so dröge vorgekommen, dass Ryan alle Vorsicht in den Wind geschossen und Marcus' Auftrag angenommen hatte.

Es war überraschend einfach, Software auf fremden Geräten zu installieren. Am simpelsten war es natürlich, die Zielperson dazu zu bringen, das Programm zu laden, indem man es als etwas Harmloses tarnte. Ein Spiel etwa oder eine App mit irgendeinem Nutzwert.

Ryan war das aber nicht elegant genug. Man war darauf angewiesen, dass das Opfer mitspielte. Es musste sich die App von irgendwoher besorgen und durfte nicht irgendwann stutzig werden und sie sich genauer ansehen oder sie gar löschen.

Viel besser war es, wenn jemand gar nicht erst mitbekam, was auf seinem oder ihrem Handy geschah. Und zum Glück kannte Ryan jede Menge Sicherheitslücken, die genau das ermöglichten:

eine stille SMS hier, ein genau zugeschnittenes Datenpaket dort –
wenn man einem Gerät, das mit dem Internet verbunden war, nur
die richtigen Fragen stellte, gab es einem irgendwann genau die
Antwort, die man brauchte, um sich einen Zugang zu verschaffen.

Auch nichts anderes als ein Rätsel, fand Ryan. Nur eines, bei dem
ein bisschen mehr auf dem Spiel stand als bei den üblichen Preis-
ausschreiben. Gewinn für ihn: ein gutes Gefühl. Gewinn für die
observierte Person: ein Gerichtstermin und mindestens ein paar
Jahre Knast.

In diesem Fall hatte es nicht lang gedauert, die korrekte Befehlsfol-
ge zu finden. Nach knapp einer Stunde hatte Ryan auf dem Handy
ein unsichtbares Programm installiert, das regelmäßig die genauen
Standortdaten des Telefons an Marcus' Rechner weiterleitete.

Zwei Tage später war die Besitzerin des Handys tot. Erschossen.
Neben ihr lag Marcus' Leiche, mit einer Waffe in der Hand.

Das Opfer und Marcus hatten vor Jahren eine Beziehung gehabt,
sich dann aber getrennt. Sie hatte diese Zeit hinter sich gelassen.
Marcus nicht. Sie hatte sich mehrfach bei der Polizei beschwert,
dass er ihr nachstelle. Niemand hatte sie ernst genommen. Marcus
war ja Polizist – und einer von den Guten. War doch klar, dass das
alles nur Hysterie war. Die sollte sich nicht so anstellen.

Die Schüsse auf sie waren aus nächster Nähe abgefeuert worden.
Aus Marcus' Dienstwaffe. Er hatte ihr in einem Park aufgelauert,
in dem sie regelmäßig joggen ging.

Sie hatte beim Joggen immer ihr Handy dabeigehabt. Zur Sicherheit.

Eine interne Untersuchung hatte Ryan bescheinigt, dass er keine Schuld auf sich geladen habe. Sicher, die Installation der App

habe gegen die Vorschriften verstoßen – aber er habe nur den An-
weisungen eines höher gestellten Beamten Folge geleistet. Er habe
nicht davon ausgehen können, dass Marcus seine Position derart
missbrauchen würde. Das Ganze sei ein bedauerlicher Einzelfall
gewesen, und der allein Verantwortliche habe sich bereits selbst
gerichtet.

Ryans Chefin hatte ihm angeboten, sich erst einmal Urlaub zu
nehmen. Ryan hatte ihr seine Kündigung geschickt.

Das war die Schuld, die er seitdem mit sich herumtrug. Egal,
wohin er ging. Das war der Fehler, den er begangen hatte, und
die Konsequenzen, die daraus folgten.

Mit welchem Recht hätte er da Sarah dafür verurteilen können, dass sie ihre Tochter schützen wollte? Das doppelte Spiel,
das sie angezettelt hatte, war vielleicht nicht sonderlich klug
gewesen, aber auch intelligente Menschen trafen manchmal
dumme Entscheidungen. Und Sarahs Gründe waren tausend-
mal besser als seine.

Sie wollte ihre Tochter schützen. Er hatte sich damals nur gelangweilt, und das Hacken eines Handys war ihm spannender
erschienen, als weiter Däumchen drehend darauf zu warten,
dass der Computer seine Arbeit erledigte.

Lies weiter auf Seite 116.

Als Ryan am nächsten Morgen erwachte, war Sarah bereits angezogen. Sie saß an dem schmalen Schreibtisch, nippte an einem Pappbecher und scrollte auf ihrem Smartphone.

„Morgen! Kaffeeautomat ist unten." Sie verzog das Gesicht. „Obwohl: Wenn ich du wäre, würde ich mir lieber unterwegs einen holen. Das Zeug ist ungenießbar."

Ryan bedankte sich für die Warnung.

„Was machst du?", fragte er. „Versuchst du, etwas über unsere Verfolger von gestern herauszufinden?"

„Was? Die? Nein!" Sarahs Stimme klang abfällig. „Um die würde ich mir keine Sorgen machen. Die sind wir los."

„Wie kannst du dir da so sicher sein?"

„Weil ich jahrelange Erfahrung mit solchen Dingen habe."

„Erfahrung darin, von Unbekannten verfolgt zu werden?", wunderte sich Ryan.

„Erfahrung im Bewerten von Gefahren. Und die Typen gestern waren lästig, aber keine große Gefahr. Deswegen ließen sie sich ja auch so leicht abschütteln."

Sie hielt ihr Telefon hoch. „Ich recherchiere übrigens gerade, was es mit unserem Münzfund auf sich haben könnte."

„Schon etwas gefunden?"

„Das sag ich dir erst, wenn du dich angezogen hast. Ich führe aus Prinzip keine Geschäftsgespräche mit Männern, die nur T-Shirt und Unterhose tragen."

„Hast du das auch aus Erfahrung gelernt?"

„Nee. Hab ich mir von meinem Bankberater abgeguckt. Der hält das genauso."

Ryan lachte und verschwand mit den Einkaufstüten im Bad, um sich anzuziehen.

Die Sachen, die Sarah gekauft hatte, passten gut. Das erstaunte Ryan allerdings nur bedingt: Sein Körper war anscheinend relativ nah an den Durchschnittsmaßen der Hersteller, und er hatte selten Probleme, passende Kleidung zu finden.

Modisch gesehen war es nicht ganz sein Fall: Es ging ihm etwas zu sehr in Richtung Outdoor-Abenteuerlook. Andererseits passte das wahrscheinlich ganz gut zur Umgebung. Wie Sarah gesagt hatte: Die Wildnis war stets nur ein paar Autominuten entfernt.

Wenige Minuten später verließ er das Bad, und Sarah nickte anerkennend. „Na bitte! Wir machen aus dir schon noch einen richtigen Trapper."

„Im Moment komme ich mir eher vor, als wäre ich einem Katalog für Holzfällerausstattung entsprungen."

„Ich dachte, bei euch im Mittleren Westen rennen alle den ganzen Tag in Cowboyklamotten rum? Und hier ist eben der Holzfällerlook angesagt."

Ryan grinste. „Ich bin nur zugezogen. Und außerdem Collegedozent. Da bin ich quasi verpflichtet, in abgewetzten Stoffjacken herumzulaufen und Cordhosen zu tragen."

Sie lachte. „Keine Sorge, solange du Wörter wie *quasi* benutzt, merkt sowieso jeder, dass du ein Nerd bist."

Sarah hatte die merkwürdige Münze vom Vorabend vor sich auf den Tisch gelegt. Jetzt, bei Tageslicht, konnte er sie etwas genauer begutachten.

„Hast du schon etwas darüber herausfinden können?", fragte er.

Sarah schüttelte den Kopf. „Noch nicht. Bin aber gerade dabei."

Sie gab Ryan ihr Telefon. Es zeigte eine Webseite.

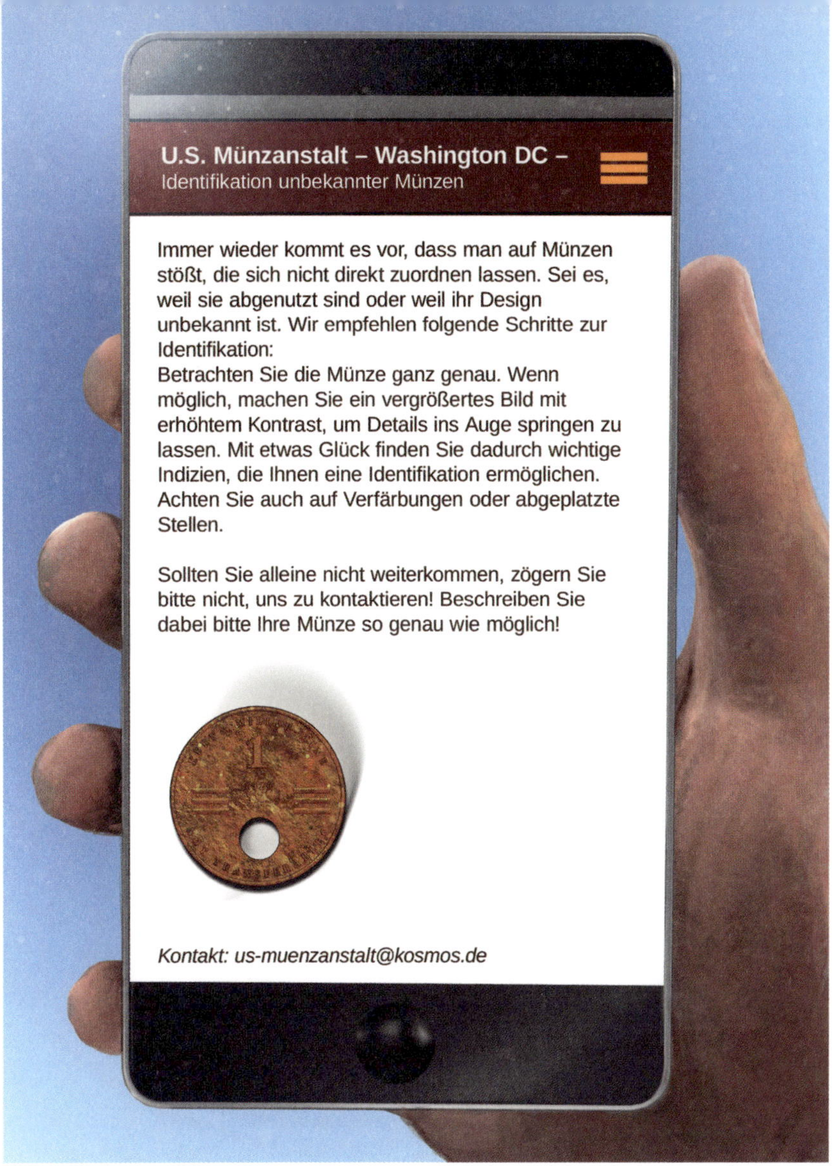
U.S. Münzanstalt – Washington DC –
Identifikation unbekannter Münzen
Immer wieder kommt es vor, dass man auf Münzen stößt, die sich nicht direkt zuordnen lassen. Sei es, weil sie abgenutzt sind oder weil ihr Design unbekannt ist. Wir empfehlen folgende Schritte zur Identifikation:
Betrachten Sie die Münze ganz genau. Wenn möglich, machen Sie ein vergrößertes Bild mit erhöhtem Kontrast, um Details ins Auge springen zu lassen. Mit etwas Glück finden Sie dadurch wichtige Indizien, die Ihnen eine Identifikation ermöglichen. Achten Sie auch auf Verfärbungen oder abgeplatzte Stellen.
Sollten Sie alleine nicht weiterkommen, zögern Sie bitte nicht, uns zu kontaktieren! Beschreiben Sie dabei bitte Ihre Münze so genau wie möglich!
Kontakt: us-muenzanstalt@kosmos.de

** Datenschutzhinweis im Impressum*

Finde mehr über die Münze heraus, um den Code für die nächste Seite zu bekommen.

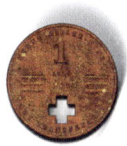

Als sie durch die Tür traten, standen sie in einem lang gezogenen gepflasterten Gang. Es roch muffig, und durch Oberlichter fiel ein wenig Licht hinein. Es kam von Straßenlaternen, vermutete Ryan. Die Lichtöffnungen mussten diese Glasbausteine sein, die sie zuvor auf dem Gehweg gesehen hatten.

Die dämmrige Beleuchtung reichte aus, um sich grob zu orientieren. Der Weg war links und rechts durch Geländer abgesichert, hinten denen – vom Museumspersonal dekorativ arrangiert – Gerümpel aus den letzten hundert Jahren verteilt war. Alte Werbeschilder, Zahnräder, Wasserboiler, Autoteile und undefinierbarer Metallschrott sollten den Besuchern verdeutlichen, dass sie sich in einem vergessenen Teil der Stadt befanden. Ryan fragte sich, was davon wohl wirklich von hier unten stammte und was nur um der Atmosphäre willen von anderswo hierhergeschafft worden war.

Eine Seite des Ganges war eine durchgehende Mauer, an der entlang Kabel und Rohrleitungen verlegt waren. Die andere hingegen entsprach fast genau dem, was Ryan oben auf dem kleinen Platz gesehen hatte: schmale, alte Häuserfronten mit Eingängen zu Ladenlokalen. Nur dass diese hier sich unterhalb des Straßenniveaus befanden und allesamt so aussahen, als stünden sie schon seit Jahrzehnten leer.

„Wie kann das sein, dass das hier einfach vergessen wurde?", wunderte er sich.

„Auf die übliche Art", antwortete Sarah. „Es wurde so lange verdrängt, bis niemand mehr davon wusste. Nachdem die Gänge komplett überdacht waren, kamen immer weniger Leute herunter. Und je einsamer sie wurden, umso attraktiver wurden sie für diejenigen, die gute Gründe hatten, ihre Ak-

tivitäten nicht in aller Öffentlichkeit durchzuführen. Die Anwohnerinnen und Anwohner waren natürlich nicht begeistert, dass Verbrecher und ähnliche Gestalten regelmäßig an ihren Kellertüren vorbeizogen, und so mauerten immer mehr Leute die Türen und Fenster zu. Irgendwann ließ dann die Stadt die verbliebenen Zugänge offiziell schließen, und das war's. Ein, zwei Generationen später wusste niemand mehr, was unter dem Pflaster oder hinter den Kellermauern steckte – bis es durch Zufall wiederentdeckt wurde." Sie deutete nach rechts. „Die Washington Street müsste in dieser Richtung liegen."

Sarah schirmte das Licht der Taschenlampe nach oben mit den Fingern ab, damit es nicht durch die Glasbausteine hinauf auf die Straße schien. Sie kamen an weiteren Erklärtafeln vorbei, duckten sich, um unter Metallträgern hindurchzukommen, gingen um eine Ecke – und standen vor einer verschlossenen Stahltür.

„Sieht aus, als wäre das das Ende der Tour", vermutete Ryan.

„Der *öffentlichen* Tour", korrigierte Sarah. „Wir haben das *Behind-The-Scenes-Paket* gebucht. Halt mal!" Sie reichte Ryan die Taschenlampe, holte ihre Dietriche hervor und begann, das Schloss zu bearbeiten. „Hm, das hier ist etwas schwieriger als das oben."

„Bessere Qualität?", wollte Ryan wissen.

„Im Gegenteil. Eingerostet. Jede Wette, dass schon seit Ewigkeiten keiner mehr durch diese Tür gegangen ist. Aber ich bin auch darauf vorbereitet." Sie zog eine Dose Rostlöser aus einer anderen Tasche ihrer Weste und sprühte etwas davon ins Schlüsselloch. Dann hantierte sie erneut mit den Dietrichen. Sekunden später klickte das Schloss und die Tür öffnete sich.

Sarah lächelte zufrieden. „Eigentlich sollte ich denen eine Rechnung stellen. Für Wartungsarbeiten."

Hinter der Tür änderte sich die Atmosphäre des Ganges – statt des inszenierten Geisterbahngefühls der Ausstellungsflächen stellte sich bei Ryan nun echte Beklemmung ein. Hier lag kein dekoratives Gerümpel mehr herum, und keine auf alt getrimmten Werbeschilder lehnten an den Wänden. Stattdessen hingen Spinnweben von der Decke, und Ratten huschten hastig aus dem Lichtkegel der Taschenlampe. Erst jetzt fiel Ryan auf, wie sehr die alten Fassaden im vorderen Teil restauriert worden sein mussten, denn die Mauern wirkten im Vergleich dazu stumpf, verdreckt und abweisend.

„Auf jeden Fall müssen wir uns keine Sorgen machen, dass Touristen Reginald Langs Versteck gefunden haben könnten", kommentierte Sarah.

Vorsichtig gingen sie weiter, vorbei an vertrockneten Mäusekadavern und verstaubten Glasscherben. Sarah leuchtete die Wände ab. Schließlich blieb sie vor einer Tür stehen. Neben dem Eingang war stark verblichen die Hausnummer zu erkennen: 635.

„Das ist es!" Sarah rüttelte an der morschen Tür, die den Zugang versperrte. Sie hatte sie nicht stark angefasst, trotzdem brach das Holz am oberen Scharnier. Sie ruckte noch einmal kräftiger und schon kippte die ganze Tür aus den Angeln.

Ryan hob missbilligend die Augenbrauen.

„Was?!", rechtfertigte sich Sarah. „Das war keine Absicht! Es ist nicht meine Schuld, wenn hier alles so gammelig ist."

Muffiger Geruch strömte ihnen entgegen, als sie den stockfinsteren Raum betraten. Ryan hustete und hielt sich eine

Hand vor Mund und Nase. Sarah tat es ihm gleich und richtete die Taschenlampe an die Decke, sodass ihre Umgebung in gleichmäßiges Dämmerlicht getaucht wurde.

Der Raum hatte offensichtlich eine bewegte Geschichte hinter sich. In einer Ecke war ein halb zerfallener Holztresen eingebaut, dahinter ein Regal, in dessen Fächern ein paar verstaubte leere Flaschen standen. Davor lagen die Überreste altmodischer Stühle und Tische, die jemand mit sehr viel Energie zertrümmert haben musste. Vandalismus, vermutete Ryan. Wenn ein Raum so lang leer stand, fand sich irgendwann irgendjemand, der ihn verwüstete.

Er deutete auf die Bar. „Das war wohl ein *Speakeasy,* nehme ich an?" Zwar hatte er schon öfter über verborgene Lokale aus der Zeit der Prohibition gelesen, aber noch nie in einem von ihnen gestanden. Meist waren sie in Hinterhäusern oder versteckten Kellerräumen eingerichtet worden – aber eine unterirdische Straße war natürlich perfekt dafür.

Sarah nickte. „So hat wahrscheinlich auch Lang von diesem Ort erfahren."

Ryan sah sich um. Die Wände waren mit einer roten Stofftapete mit Goldverzierungen dekoriert. Der Stoff war inzwischen zwar mottenzerfressen, doch die Farben noch immer erstaunlich satt. Wahrscheinlich, weil hier unten kein Sonnenlicht hinkam.

Bis auf die leere Bar und die zertrümmerten Möbel war nichts Auffälliges in dem Raum zu entdecken.

„Was auch immer Lang hier versteckt hat – ich weiß nicht, ob es wirklich noch da ist", brummte Ryan.

„Ich schau mal, ob ich in der Bar etwas finde", erklärte Sarah.

„Nimm du dir in der Zwischenzeit bitte den Rest des Raumes vor, ja?"

Es war keine leichte Aufgabe. Jede Bewegung wirbelte Staub auf, und in den zerfallenen Möbeln hatten sich Insekten eingenistet, die bei der kleinsten Störung panisch die Flucht ergriffen. Dennoch versuchte Ryan, alles nach einer Botschaft Langs abzusuchen. Ohne Erfolg.

Schließlich wandte er sich von den Möbeln ab und betrachtete den Rest des Raumes. An den Wänden zeichneten sich noch die Umrisse von Bildern ab, die einst hier gehangen hatten, und kahle Metallstäbe mochten die Überreste von Wandlampen sein.

Neben einem dieser Stäbe fiel Ryan etwas auf: Die Ornamente sahen hier etwas anders aus als auf dem Rest der Tapete. Fast schien es, als ... „Bring mal die Taschenlampe hierher!", rief er Sarah zu. „Ich glaub, ich hab was."

Sofort war sie neben ihm. Ryan zeigte ihr die Stelle, und als der Lichtstrahl die Wand traf, gab es keinen Zweifel mehr: Dort auf der Tapete befanden sich zwei Buchstaben. R und L. Das Monogramm Reginald Langs, wie es auch auf dem Einband des Notizbuchs zu sehen war!

Sarah tastete die Tapete ab. „Fühlt sich normal an, da ist nichts."

„Vielleicht auf der Rückseite?", vermutete Ryan. Er steckte einen Finger in ein Loch in der Stofftapete, das sich in der Nähe des Monogramms befand, und riss sie vorsichtig auf. Die Rückseite der Tapete war unauffällig – aber nicht die Wand dahinter. Sie war größtenteils weiß getüncht; nur dort, wo der Lampenhalter aus der Wand kam, war eine massive Stahlplatte eingelassen – und die Metallstange ragte direkt aus ihrer Mitte hervor.

Ryan klopfte dagegen. „Klingt ganz schön dick."

„Ein Safe?", vermutete Sarah.

Ryan begutachtete die Stelle, an der der Lampenhalter aus dem Metall kam, genauer. Dort waren kleine Zahlen eingeritzt, von null bis neun. „Eindeutig", erklärte er. „Steht in dem Notizbuch irgendetwas, was wie eine Kombination aussieht?"

Sarah schüttelte den Kopf. „Aber vielleicht finden wir die ja auch hier."

Sie zog ein wenig an einem herabhängenden Tapetenstück und legte eine Zeichnung frei, die mit Farbe auf die Wand gemalt worden war: Langs Monogramm!

Sarah trat leicht gegen das Wandstück. Es klang hohl. „Geh mal einen Schritt zurück", wies sie Ryan an. Sie griff nach einem Tischbein, das auf dem Boden lag, und rammte es mit Wucht gegen die freigelegte Wand. Die splitterte unter dem Aufprall, und das Tischbein hinterließ ein faustgroßes Loch. „Das ist ganz dünnes Holz", erklärte Sarah. „Mach du mal weiter!" Sie reichte Ryan das Tischbein.

Er zögerte einen Moment, dann holte er aus. Wieder und wieder stieß er das schwere Holzteil gegen die Wand – und es

machte überraschenderweise viel Spaß, sich auf diese Weise den Weg frei zu schlagen.

Es war ein gutes, befreiendes Gefühl, sich nicht mehr um die normalen Regeln scheren zu müssen, und Ryan erinnerte sich plötzlich an das erste Mal, als er sich so gefühlt hatte ...

Lies weiter auf Seite 159.

Ryan studierte die Morsezeichen eine Weile. „Der Text darin ist nur Ablenkung", erklärte er dann. „Wichtig ist in Wirklichkeit Langs Name: Wir müssen die *langen* Zeichen in jedem Wort zählen!"

Smith lächelte. „Sehr gut kombiniert, Creed. Öffnen Sie den Safe!"

Ryan stellte die Zahlen ein und bereitete sich auf das vor, was gleich passieren würde: Gleich würde sich sein und Sarahs Schicksal entscheiden.

Als die letzte Ziffer eingerastet war, zog er am Griff. „Sie bewegt sich!", meldete er Smith. „Der Code war richtig! Aber ich bekomme sie nicht ganz auf. Vielleicht rostige Scharniere?"

„Los, Hector, sehen Sie sich das mal an!", befahl Smith.

Als der Leibwächter zurück in die Grube kletterte, drückte Ryan sich an die Seite, bis er in Reichweite von Smith' Füßen stand. Er beobachtete, wie Hector anfing, sich an der Safetür zu schaffen zu machen, und sah, wie Smith das gierig verfolgte, voller Hoffnung, gleich endlich die begehrten Münzen in Händen zu halten.

Jetzt war der richtige Moment!

„Sarah? Los!", rief Ryan, streckte die Arme aus und riss Smith' Füße zu sich. Smith verlor das Gleichgewicht und ließ seine Waffe fallen, als er versuchte, sich abzustützen.

Aus den Augenwinkeln sah Ryan, wie Sarah herumwirbelte und dem überrumpelten Guido einen Karatetritt direkt unters Kinn verpasste. Der Pilot taumelte rückwärts, dann brach er zusammen wie eine Marionette, der man die Fäden durchgeschnitten hatte.

Sarah verlor ihr Gleichgewicht, rollte sich aber trotz gefesselter Hände professionell über die Schulter ab.

Hector, der immer noch am Safe hantiert hatte, drehte sich überrumpelt zu Ryan, der direkt neben ihm in der Grube stand. Der Leibwächter holte zu einem Faustschlag aus, der Ryan wahrscheinlich k. o. geschlagen hätte.

Doch durch die Drehung hatte Hector sich unabsichtlich eine Blöße gegeben. Eine Blöße, die sich in Reichweite von Ryans Knie befand ...

Der bullige Leibwächter krümmte sich vor Schmerzen, als Ryan seine Kniescheibe mit voller Wucht zwischen die Beine des Mannes rammte. Ryan griff nach der Schaufel, die hinter ihm an der Grubenwand lehnte, und ließ sie auf Hectors Kopf hinabsausen. Der Leibwächter gab ein röchelndes Stöhnen von sich, dann sackte er in sich zusammen.

„Ryan, pass auf!", rief Sarah, die immer noch gefesselt in Guidos Nähe auf dem Boden lag.

Ryan duckte sich instinktiv, und im nächsten Moment zischte eine Kugel aus Smith' Revolver direkt an seinem Kopf vorbei. Smith war aufgestanden und hatte seine Waffe wieder in der Hand.

„Sie sind nutzlos, Creed! Und es wird Zeit, Sie zu entsorgen!" Er zielte mit der Waffe direkt auf Ryan. Unmöglich, dass er ihn verfehlen würde.

Ryan schloss die Augen und wartete. „Das war's", dachte er.

Sekunden später hallte ein Schuss durch die Wildnis.

Lies weiter auf Seite 033.

Ryan war allein gewesen, als sie kamen. Mom und Dad arbeiteten beide, sodass meistens niemand da war, wenn er nach der Schule nach Hause kam.

Als es an der Tür klingelte, dachte Ryan, dass es vielleicht der Paketbote sei. Doch ein Blick durchs Fenster ließ ihn daran zweifeln. Zwei Männer in dunklen Anzügen. Einen schätzte Ryan auf irgendwas um die dreißig, der andere war älter. Mitte vierzig vielleicht, mit Brille, Aktentasche, kantigem Unterkiefer und Kurzhaarschnitt.

Zeugen Jehovas?

„Ich hab Gott schon gefunden!", rief er den beiden durch die geschlossene Tür zu. „Kein weiterer Bedarf."

Die Männer klingelten erneut.

„Du bist Ryan, oder?", fragte der Kurzhaarige durch die Tür. „Ryan Creed. Oder sollte ich lieber sagen: E-RazOr?"

Ryan stutzte. Woher kannte der Typ sein Alias?

„Ich weiß nicht, wovon sie reden!", rief Ryan nervös.

Im Fenster konnte Ryan erkennen, dass der Mann ein bedrucktes Blatt Papier aus der Jacketttasche zog. Aber er konnte nicht sehen, was darauf stand.

„Ich hab hier was für dich. Von Doom98."

Konnte das stimmen? Aber warum sollte Doom98 Leute bei ihm vorbeischicken? Und woher wusste er überhaupt, wo Ryan wohnte?

Aus Ryans Zimmer ertönte ein Ping. Eine Nachricht!

Er zögerte. Sollte er schauen, was das für eine Mitteilung war? Aber dafür müsste er diese Typen an der Tür allein lassen. Und er wusste nicht, ob das eine gute Idee war.

Wieder ertönte das Ping. Jemand wollte ihm dringend etwas mitteilen.

Einen Moment wusste Ryan nicht, was er tun sollte, dann hakte er kurzerhand die Sicherheitskette an der Tür ein. Er glaubte nicht wirklich, dass diese Kerle die Tür eintreten würden, aber irgendwie gab das Ding ihm mehr Sicherheit.

„Du musst keine Angst vor uns haben", versicherte ihm der Kurzhaarige.

Ryan hörte gar nicht hin, sondern lief in sein Zimmer und öffnete den Messenger.

== Doom98 has invited you to a private chat session. Will you accept? (Y/N)

Und darunter noch einmal:

== Doom98 has invited you to a private chat session. Will you accept? (Y/N)

Ryan drückte auf „Y".

== E-RazOr has joined the private chat.
== Doom98 has joined the private chat.
\<E-RazOr\> Da sind zwei Typen vor meiner Haustür!
\<E-RazOr\> Die behaupten, sie kommen von dir!
\<E-RazOr\> Was soll ich machen?
\<Doom98\> Relax. Das sind Kumpels von mir.
\<Doom98\> Kannst du ruhig reinlassen.
\<E-RazOr\> Was wollen die?
\<Doom98\> Lass dich überraschen. ;)
\<E-RazOr\> Das ist keine Antwort!
\<E-RazOr\> Und woher wissen die meinen Namen und wo ich wohne?!

<Doom98> Ich bin Hacker, schon vergessen?

<Doom98> Hast du echt gedacht, ich wüsste nicht, wer du bist?

<E-Raz0r> WAS SOLL DER SCHEISS?!!!!

<Doom98> Relax, Kleiner! Relax!

<Doom98> Hab ich dich jemals beschissen?

<Doom98> Ich hab dir bei der Sache mit den Logfiles den Arsch gerettet.

<Doom98> Also vertrau mir einfach, okay?

Da war was dran: Doom98 hatte ihn bisher nie in Schwierigkeiten gebracht. Im Gegenteil. Gut, das mit dem Logfile war schon über ein Jahr her, und inzwischen hatte Ryan das Gefühl, dass er ein besserer Hacker war als Doom98. Dennoch: Ryan schuldete ihm etwas. Und wenn Doom98 sagte, dass es okay war, dann war es wohl okay. Oder?

<E-Raz0r> Alles klar. Ich mach auf.

<Doom98> Gute Entscheidung! Sehr gute Entscheidung sogar!

Ryan ging zurück zur Haustür, vor der die beiden Männer noch immer geduldig warteten. Er hakte die Sicherheitskette wieder aus und drehte den Knauf, um das Schloss zu öffnen.

Die Tür war kaum ein paar Zentimeter offen, da stellte der Jüngere der beiden seinen Fuß in den Spalt und drückte sie mit der Schulter weiter auf. Gleichzeitig drängte der Ältere in den Flur und hielt Ryan das Papier unter die Nase.

„FBI!", rief er. „Special Agent Steven Marcus. Wir haben einen Durchsuchungsbeschluss."

Von irgendwoher erschienen weitere Leute in dunklen Anzügen,

die an Ryan vorbei ins Haus liefen und sich auf die Räume verteilten.

„Was … was soll das?!", stammelte Ryan.

„Du hast das Recht, zu schweigen", fuhr der Mann routiniert fort. „Alles, was du sagst, kann vor Gericht gegen dich verwendet werden. Du hast das Recht, deine Eltern zu benachrichtigen, bevor wir dich befragen. Du hast das Recht, einen Anwalt hinzuzuziehen, bevor wir dich befragen. Du hast das Recht, dass während deiner Befragung ein Anwalt anwesend ist. Falls du oder deine Eltern euch keinen Anwalt leisten könnt, wird auf euren Wunsch vor der Befragung ein Pflichtverteidiger hinzugezogen." Er sah Ryan in die Augen. „Noch Fragen?"

Ryan war zu überrumpelt, um sofort zu antworten.

„Hab's gefunden!", rief einer der Männer aus Ryans Zimmer. Sofort eilten einige der anderen zu ihm.

Wie in Trance lief Ryan ihnen nach und sah, dass sie sich an seinem Rechner zu schaffen machten. Einer hatte einen USB-Stick in den Computer gesteckt und ein Programm gestartet, das nun anscheinend Daten kopierte. Andere waren dabei, Ryans Schränke und Schubladen zu durchwühlen und Dinge in Plastiktüten und Kartons zu verfrachten.

Selbst das Gaming-Poster an seiner Tür hatten sie heruntergerissen. Wahrscheinlich, um zu schauen, ob dahinter etwas versteckt war.

Eine Hand legte sich auf Ryans Schulter. Der Kurzhaarige war ihm nachgegangen.

„Gruselige Sache, oder?", sagte er, und in seiner Stimme schien fast so etwas wie Mitgefühl zu liegen.

Ryan nickte stumm. Er spürte, wie Tränen in ihm aufstiegen.

„Ist schon okay", meinte Agent Marcus. „Komm mal mit."

Er ging mit Ryan in die Küche (Die Küche von Ryans verdammter Familie! Was machte ein FBI-Agent dadrin?!) und goss ihm ein Glas Wasser ein.

„Wollen wir uns setzen?" Er deutete auf die Stühle am Küchentisch. Geschmacklose klobige Holzdinger mit dicken Sitzpolstern. Mom hatte sie vor Jahren günstig auf einem Flohmarkt entdeckt.

„Ich dachte, Sie dürfen mich nicht ohne Beisein meiner Eltern befragen", sagte Ryan vorsichtig.

„Ich habe auch nicht vor, dich zu befragen", erwiderte Agent Marcus ruhig. „Ich will dir nur etwas erzählen. Du kannst meinetwegen die ganze Zeit den Mund halten. Aber vielleicht bist du ja neugierig, wieso wir hier überhaupt aufgekreuzt sind. Oder etwa nicht?"

Natürlich war Ryan neugierig. Aber er fragte sich auch, wieso dieser Typ ihm etwas sagen wollte. Im Fernsehen erzählten Polizisten den Verdächtigen nie irgendetwas.

„Woher weiß ich, dass Sie mir keinen Mist erzählen?"

„Weil ich dazu keinen Grund hätte. Alles, was ich dir sagen werde, ist zu hundert Prozent beweisbar. Ob du es weißt oder nicht, macht für uns keinen Unterschied. Aber für dich könnte es einen machen. Und es könnte dir sogar helfen, aus dieser Nummer einigermaßen heil wieder rauszukommen." Er setzte sich hin und deutete wieder auf den anderen Stuhl am Küchentisch. „Also los. Ich würde vorschlagen, du gibst mir einfach ein paar Minuten. Es kann dir auf keinen Fall schaden."

Ryan zögerte, dann ließ er sich am Küchentisch nieder.

„Der Chat eben, das war nicht Doom98", erklärte Agent Marcus. „Aber das hast du dir ja wahrscheinlich schon gedacht. Das war ein

Kollege. War leider ein bisschen spät dran. Dein Kumpel Doom98 sitzt in Untersuchungshaft."

Ryans Augen wurden groß.

„Und dich, dich hat er beschissen", fuhr der Agent fort. „Schon seit Jahren. Wir haben die Chatprotokolle, wir wissen, was er dir alles erzählt hat, von wegen ,sauber bleiben' und so. Aber weißt du, was er gemacht hat?"

Er öffnete die Aktentasche, zog einen Ordner heraus und warf ihn lässig auf den Tisch, als teile er Spielkarten aus. „Hier, schau dir das mal an."

Ryan streckte seine Hand zögerlich nach dem Ordner aus, als befürchte er, der Inhalt könne ihn beißen.

Doch als er hineinschaute, stockte ihm der Atem. Er konnte nicht alles verstehen, was dort stand, aber das, was er verstand, reichte aus.

Doom98 hatte seine Hacks zu ganz großem Business gemacht. Er hatte mit Kreditkartennummern und Passwörtern gehandelt, Spionageprogramme installiert, Leute mit Nacktfotos oder vertraulichen Dokumenten erpresst, die er sich von deren Festplatten geholt hatte – kurz: Er hatte all das getan, wovor er Ryan immer gewarnt hatte.

Und schlimmer noch: Ryan erkannte ein paar der Methoden, die dort beschrieben wurden, wieder! Doom98 hatte Sicherheitslücken ausgenutzt, die er, Ryan, entdeckt und ihm gezeigt hatte!

„Ich ... ich wusste nichts davon!", entfuhr es ihm.

Der FBI-Mann schüttelte tadelnd den Kopf. „Na, na, na. Ich würde an deiner Stelle wirklich warten, bis deine Eltern und ein Anwalt hier sind. Lass mich einfach weiterreden, okay?"

Ryan nickte.

„Aber damit du dir nicht unnötig Sorgen machst: Wir wissen, dass du an diesen Sachen nicht direkt beteiligt warst. Anhand der Chatprotokolle konnten wir ein paar deiner Hacks rekonstruieren. Und was soll ich sagen: Hut ab, Junge! Du bist gut. Wenn wir Doom98 nicht gefasst hätten, wären wir dir nie auf die Schliche gekommen."

Ryan verstand gar nichts mehr. Jetzt lobte dieser Kerl ihn auch noch?

„Und wir haben auch mitgekriegt, dass du dich immer an Doom98s Rat gehalten hast: Abgesehen davon, dass du in die Systeme eingedrungen bist, hast du keinen Mist gebaut."

Agent Marcus' Miene wurde ernst. „Allerdings fällt das Ganze trotzdem unter Computerkriminalität. Und außerdem könnten wir dich auch noch wegen Beihilfe zu Doom98s Taten drankriegen. Ja, ich weiß, dass du das nicht wolltest, aber du hast ihm die Werkzeuge geliefert. Ohne dich wären viele dieser Taten nicht möglich gewesen. Damit könnten dir insgesamt mehr als zehn Jahre Knast blühen."

Ryan schluckte erschrocken.

Marcus bemerkte seine Nervosität und lächelte beruhigend. „Aber wie gesagt, wir haben bemerkt, dass du Talent hast, und deswegen wollen wir dir ein Angebot machen. Du musst jetzt nichts dazu sagen, du kannst es mit deinen Eltern und deinem Anwalt besprechen, aber ich möchte nur, dass du davon weißt."

„Soll ich gegen Doom98 aussagen?", fragte Ryan heiser.

„Nicht nötig. Er hat seine Spuren längst nicht so gut verwischt wie du. Wir haben alles, was wir brauchen, um ihm den Prozess zu machen. Nein, unser Angebot ist ein anderes: Wir können Leute wie dich brauchen. Wenn du dich bereit erklärst, ab jetzt für uns

zu arbeiten, dann legen wir für dich ein gutes Wort beim Staatsanwalt ein."

Ryan wusste nicht, was er sagen sollte. Vor einer Stunde war seine größte Sorge gewesen, ob er für den Geschichtstest morgen genug gelernt hatte. Und jetzt saß ein FBI-Mann vor ihm und bot ihm einen Deal an, um ihn vor dem Gefängnis zu bewahren.

Agent Marcus stand auf. „Schon gut, du musst nicht direkt antworten. Sprich mit deinen Eltern und deinem Anwalt darüber, und dann gib mir Bescheid."

Lies weiter auf Seite 131.

Ryan schüttelte den Kopf. „Die Geschichte mit den langen Zeichen in jedem Wort war eine falsche Fährte. Reginald Langs Trick war deutlich kreativer."

Sarah runzelte die Stirn und betrachtete den Tresor erneut.

Keine schlechte Idee, aber geh zurück zu Seite 036 und versuche es noch einmal. Könnte es etwas mit der Schriftart zu tun haben, in der der Name geschrieben wurde?

„Alles in Ordnung?"

Ryan brauchte einen Moment, um wieder aus seinen Erinnerungen aufzutauchen.

„Alles in Ordnung?", wiederholte Sarah. Sie sah etwas besorgt aus.

Ryan nickte abwehrend. „Ja, schon gut. Ich war nur kurz abgelenkt."

Die Öffnung in der Wand war jetzt fast groß genug, um sich hindurchzuzwängen. Ryan erweiterte sie noch ein wenig, dann wollte er durchklettern, doch Sarah hielt ihn zurück.

„Erst mal sehen, was uns da erwartet." Sie leuchtete durch das Loch in der Wand und stieß ein überraschtes Pfeifen aus. „Wow – elegant!"

Ryan folgte ihrem Blick und verstand, was sie meinte. Hinter der Mauer befand sich ein gepflegt eingerichteter Raum – wahrscheinlich in dem Stil, in dem seinerzeit das gesamte *Speakeasy* ausgestattet gewesen war. Doch anders als vorn hatten hier keine Vandalen gewütet. Alles war an seinem Platz, als wäre die Zeit stehen geblieben. Die Bilder hingen noch an den Wänden, und Tische und Stühle standen im Raum. Darauf eine merkwürdig zusammengewürfelte Sammlung von Gegenständen.

Ryan stutzte. Das sah aus wie … ja, da waren tatsächlich Zahlen auf den Gegenständen! Der Anblick kam ihm eigenartig vertraut vor – so als hätte er ihn eben erst gesehen. Nur aus einer anderen Perspektive. „Gib mir mal bitte das Notizbuch", bat er Sarah.

Sie händigte es ihm aus, und er begann darin zu blättern.

„Ich glaub, ich weiß, was du suchst. Es ist weiter hinten", sagte sie.

Einen Moment später hatte Ryan die richtige Seite gefunden. Dort war ein Bild zu sehen, und darunter ein Vers.

Gleiche Farbe trifft sich nur,
verfolgst du ihrer Linien Spur.
Dafür musst du von oben schauen,
und die Striche dort einbauen.
Verlängerst du den Weg sodann,
man die Lösung sehen kann.
Dort, wo sich kreuzen gleiche Farben,
sollten Dinge Ziffern haben.
Die Reihenfolge hast du schon,
beachtest du den Farbenton.

Ryan schaute auf den Boden. Direkt vor der Maueröffnung war ein kleines Kreuz in die Holzbohlen gekratzt, so als sei dies ein besonders wichtiger Ort. Ryan stellte sich darauf und spähte in den Raum – und er begann zu ahnen, wie sie das Rätsel lösen könnten …

Schau dir die Bilder auf den nächsten beiden Seiten genau an. Befolge dann die Anweisung aus dem Vers, und schon hast du den Code.

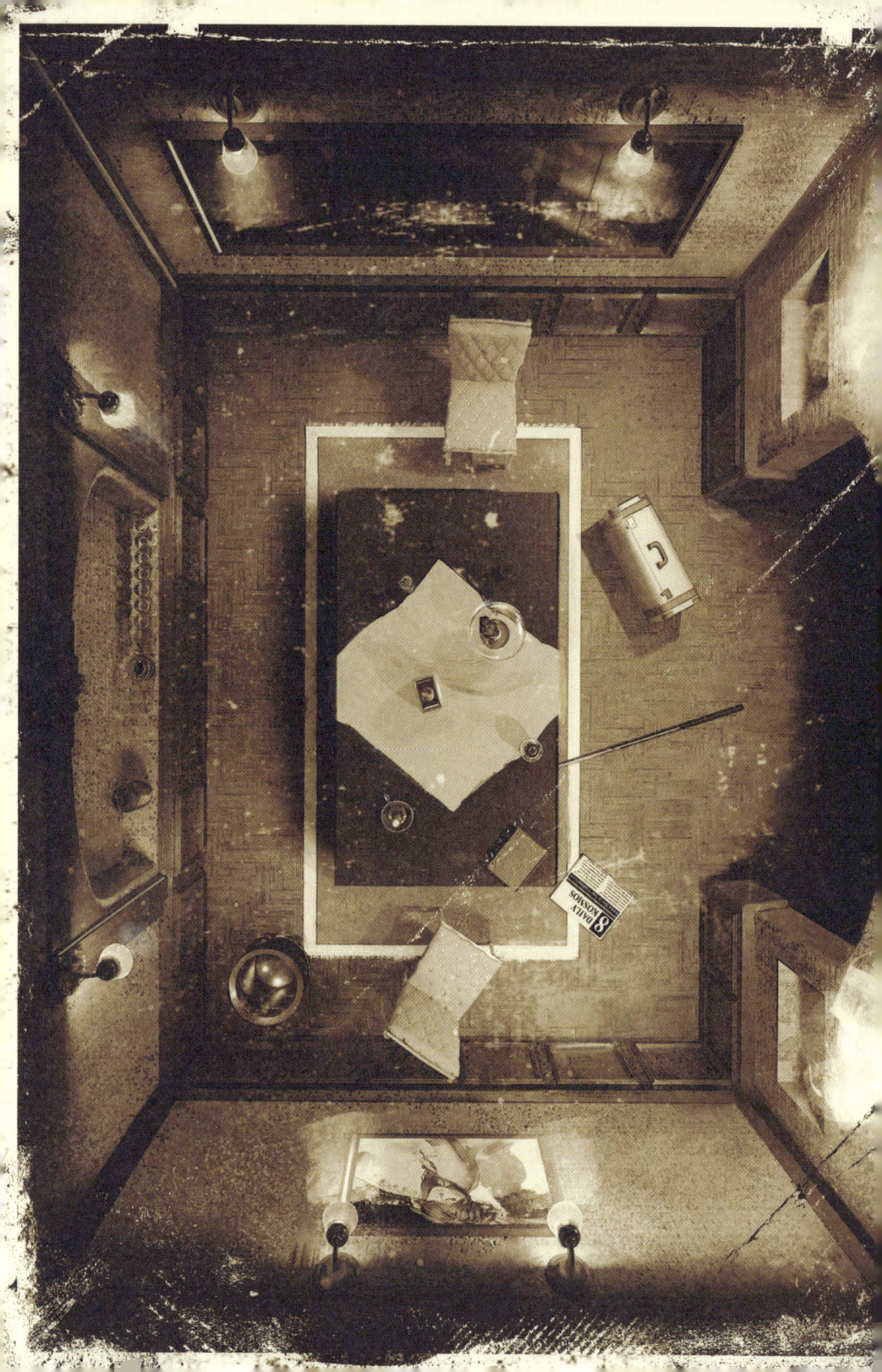

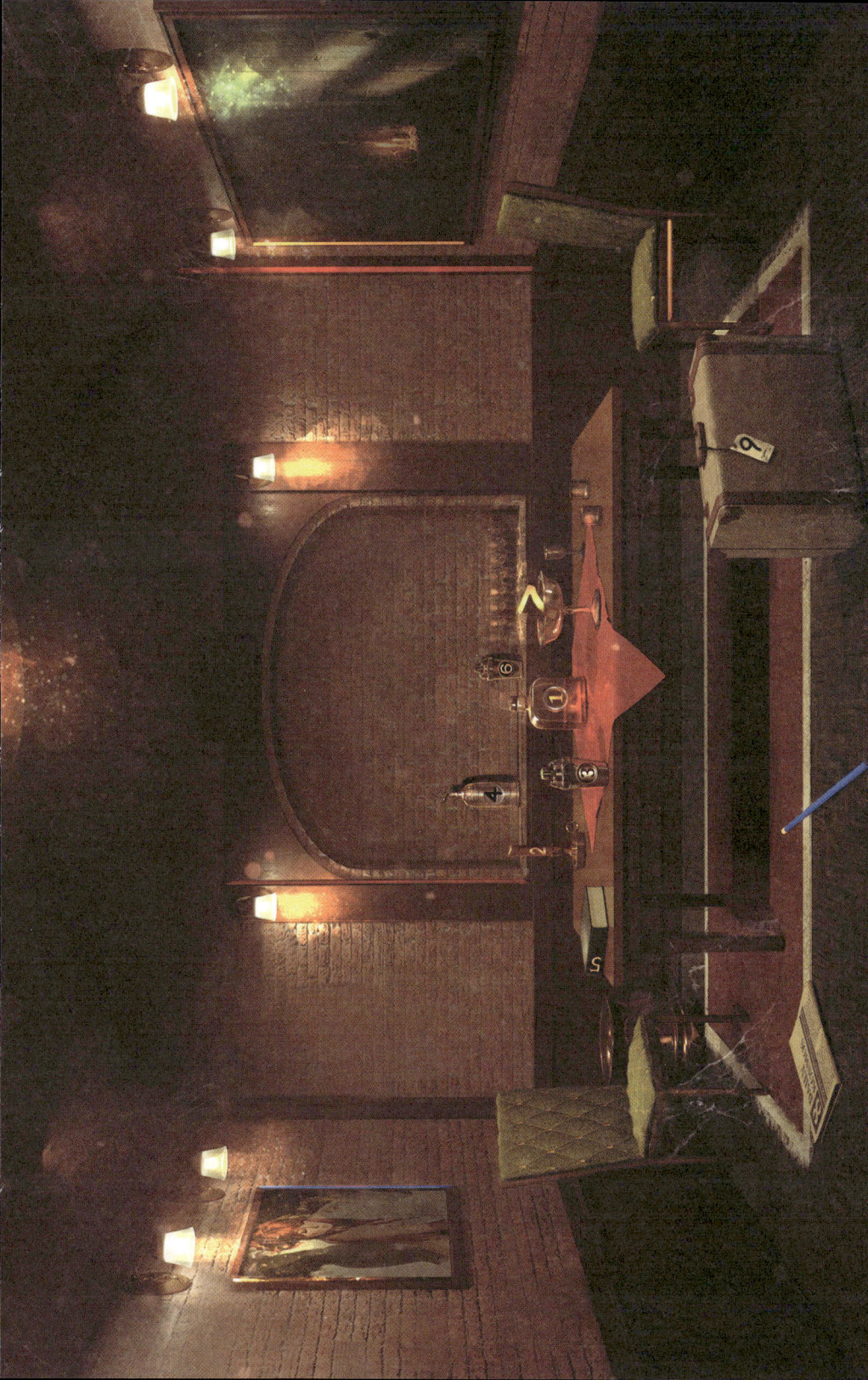

Als Ryan durch die Tür zum Parkplatz ging, schlug ihm trockene Hitze entgegen. 35 Grad im Schatten hatte der Wetterbericht vorhergesagt. Hier war es bestimmt noch wärmer, denn es gab keinen Schatten und der Asphalt hatte sich aufgeheizt.

Manchmal vermisste Ryan das mildere Klima der Ostküste. Trotzdem bereute er es nicht, hierhergezogen zu sein. Es gab vieles am Mittleren Westen, was ihm missfiel – die meisten Leute teilten seine politischen Ansichten nicht, und Wissenschaft und Bildung hatten hier oft einen schweren Stand gegen die vorherrschenden religiösen Überzeugungen. Aber das waren wenigstens offene Auseinandersetzungen. Jeder wusste, wo der andere stand. Damit konnte er umgehen – im Gegensatz zu den Erfahrungen, die er bei seiner früheren Arbeit gesammelt hatte.

Ryan stieg in seinen Wagen, schaltete die Klimaanlage ein und machte sich auf den Weg nach Hause.

Sein Haus war recht klein für die Verhältnisse der Gegend, doch für ihn reichte der Platz. Die Frage war nur, wie lang er für die Bücher reichen würde, die Ryan dort anhäufte. Schon jetzt war gefühlt jede freie Wand mit einem Regal ausgestattet.

Ryan meinte es ernst, wenn er sagte, dass er nichts vom Internet halte, und deswegen mussten Lexika und Fachbücher die Rolle übernehmen, die sonst Google und Wikipedia ausgefüllt hätten. Die waren vielleicht nicht immer auf dem allerneuesten Stand, aber von den tagesaktuellen Entwicklungen der Kryptografie hielt Ryan sich bewusst fern. Er konzentrierte sich auf die Grundlagen – und die hatten die angenehme Eigenschaft, konstant zu bleiben.

Auf Dauer würde er diese Onlineabstinenz nicht durchhalten können, das war ihm klar. Schon jetzt musste er sie manchmal durchbrechen – etwa um die Aufgabenblätter auf den Schulserver hochzuladen. Noch war es möglich, seine Zeit im Netz auf ein Minimum zu beschränken.

Die folgenden Stunden verbrachte er damit, den Unterricht für die nächsten Tage vorzubereiten. Es hieß immer, dass Lehrer sehr viel Freizeit hätten. Ryan hatte davon bisher nichts bemerkt.

Irgendwann hatte er das Gefühl, sich eine Pause verdient zu haben. Es war spät genug, um sich ohne Reue zu entspannen, aber noch zu früh, um das Abendessen vorzubereiten. Ryan setzte sich mit einer Tasse Tee an den Küchentisch und holte den merkwürdigen Brief hervor. Auch wenn er sich keine großen Illusionen machte, was den Inhalt anging: Rätsel waren seine Leidenschaft. Und ein ungelöstes Rätsel war wie eine juckende Stelle, an der man noch nicht gekratzt hatte.

Er sah sich die Symbole noch einmal an. Auf den ersten Blick wirkte es wie eine klassische Substitutionschiffre. Diese Art der Verschlüsselung wurde schon seit der Antike genutzt: Jeder Buchstabe wurde durch ein anderes Symbol ersetzt. Ein Angriff darauf war sehr einfach – zumindest, wenn man abschätzen konnte, in welcher Sprache der verschlüsselte Text geschrieben war. Denn in jeder Sprache kamen bestimmte Buchstaben öfter vor als andere. Häufig vorkommende Symbole entsprachen also mit großer Sicherheit häufig vorkommenden Zeichen – und wenn man es erst einmal geschafft hatte, ein paar Zeichen zuzuordnen, konnte man leicht die ersten Silben und Wortfragmente ausmachen.

Das funktionierte am besten bei langen Texten, denn je größer die Zeichenzahl war, umso mehr näherten sich die Häufigkeiten ihren statistischen Mittelwerten an. Kurze Notizen wie
diese hier konnten durchaus ungewöhnlich viele seltene Buchstaben aufweisen, etwa durch einen ungewöhnlichen Namen
oder Ähnliches. Dennoch war es einen Versuch wert – schon
allein, weil Ryan die Häufigkeiten der wichtigsten Buchstaben
sowieso auswendig wusste.

Er nahm ein Blatt Papier zur Hand und begann eine Strichliste
für jedes einzelne Zeichen, beginnend mit dem Buchstaben E –
dem häufigsten in vielen westlichen Sprachen. Doch aus den Wer-
ten ergab sich kein eindeutiges Bild, und je mehr weitere Zeichen
er zählte, desto weniger Sinn schien die Verteilung zu ergeben.

Ganz so simpel war es also nicht, freute sich Ryan. Es war selten genug, dass sich die Entwickler dieser Werberätsel mehr als
die allernötigste Mühe machten. Dabei war beim Lösen dieser
Botschaften eindeutig der Weg das Ziel.

Er sah sich die verschlüsselte Botschaft noch einmal genauer an.

Einige der Zeichen kamen ihm bekannt vor, auch wenn er im Moment nicht darauf kam, wo er sie schon einmal gesehen hatte.

Ryan dachte nach. Theoretisch gab es eine Vielzahl von Methoden, mit denen der Text verschlüsselt worden sein konnte, die meisten davon waren allerdings in der Praxis unwahrscheinlich. Warum? Ganz einfach: weil sie zu gut waren. Nicht unknackbar, aber zu anstrengend für den Hausgebrauch.

Der Brief war bewusst an ihn geschickt worden – das hieß, jemand wollte, dass er ihn entschlüsselte. Das war ja generell der große Unterschied zwischen Rätseln und Codes: Ein Code war möglichst sicher gestaltet, sodass er im Idealfall nur dann in Klartext übertragen werden konnte, wenn man den richtigen Schlüssel kannte. Ein Rätsel dagegen war dafür gemacht, gelöst zu werden. Es hatte sozusagen seinen eigenen Schlüssel mit dabei. Egal, wie kompliziert es wirken mochte, irgendwo fanden sich immer versteckte Hinweise auf den Lösungsweg. Wenn man sie entdeckte und nutzte, ergab sich der Rest von selbst.

Und wenn sich keiner dieser Hinweise im Text selbst fand, dann musste er eben an anderen Stellen danach suchen ...

Sicher kommen dir die Symbole auch bekannt vor. Wo hast du sie schon einmal gesehen? Suche doch einfach mal im Buch danach. Finde dann den richtigen *Dreh*, um das Rätsel zu lösen. Die richtige Antwort verrät dir, auf welcher Seite es weitergeht.

„Die Kombination stand direkt darauf?!", fragte Smith ungläubig. „Etwas mehr Fantasie hätte ich von Mr Lang dann doch erwartet. Los, öffnen Sie den Safe!"

Mit zitternden Händen stellte Ryan die Zahlen am Kombinationsschloss ein, immer in dem Bewusstsein, dass eine Waffe auf ihn gerichtet war.

Das Schloss klickte, Ryan drehte am Griff des Tresors – und die Tür blieb verschlossen! „Sie geht nicht auf!", rief Ryan. „Die Kombination war falsch!" Er ruckte demonstrativ an der Tür.

Smith fluchte. „Hector! Überprüfen Sie das!", befahl er seinem Leibwächter.

Ryan musste sich an die Wand der Grube drücken, als der massige Mann hineinsprang und sich an dem Schloss zu schaffen machte.

„Er sagt die Wahrheit", bestätigte Hector schließlich Ryans Aussage, bevor er wieder aus der Grube kletterte.

Smith' Finger spielte am Abzug des Revolvers. „Das haben Sie doch gewusst, Creed, oder? Selbst ich habe ja gemerkt, dass so eine Lösung zu einfach wäre. Los jetzt! Wenn der Safe nicht bald offen ist, sehe ich keinen Grund, mich weiter mit Ihnen und Ihrer Freundin zu belasten!"

Ryan schluckte und wandte sich wieder dem Tresor zu.

Das war wohl nichts. Geh zurück zu Seite 125 und versuch es noch einmal. Ein Tipp: Vielleicht ist ja Langs Name hier Programm?

Sie warteten schweigend. Es war nicht die richtige Atmosphäre für Small Talk. Nach ein oder zwei Minuten hörte Ryan eine gedämpfte Fahrstuhlglocke aus Richtung des Ausgangs. Momente später öffnete sich die Metalltür, und ein hochgewachsener, kahlköpfiger Mann trat ein. An einem Handgelenk trug er eine teure Uhr, in der anderen Hand einen kleinen Metallkoffer.

Ryan schätzte den Mann auf Ende fünfzig. Er trug einen Anzug, dem man erst auf den zweiten Blick ansah, wie teuer er gewesen sein musste. Jackett und Hose hatten keine Details, die in die Welt hinausschrien: „Ich bin teuer", aber – und das war viel schwerer zu erreichen – sie hatten auch keinerlei Mängel, sondern saßen so dezent und perfekt, wie es nur echte Könnerinnen und Könner hinbekamen.

Ganz klar: Das musste der Mann sein, der sich *Will Power* nannte. Und obwohl er offensichtlich eine Menge Geld hatte, hatte Ryan sein Gesicht noch nie gesehen. Das war allerdings kein Wunder, denn in ganz Amerika gab es eine Vielzahl von Reichen und Superreichen, die ihr Vermögen gemacht hatten, ohne großes öffentliches Interesse zu erregen.

„Mr Creed", sagte Power. Seine Stimme klang freundlich amüsiert. „Sarah sagte mir, dass es Probleme gebe. Wie kann ich helfen?"

„Zum Beispiel, indem Sie mir endlich erklären, was hier los ist. Kann ja sein, dass es Ihnen Spaß macht, mich die ganze Zeit am ausgestreckten Arm verhungern zu lassen, aber ich will jetzt endlich wissen, was Sie von mir wollen."

„Zunächst einmal will ich gar nichts von Ihnen. Stattdessen möchte ich Ihnen etwas geben."

Power zog ein Scheckbuch aus der Tasche und begann zu schreiben.

Ryan schüttelte den Kopf. „Was für eine Begrüßung ... Glauben Sie wirklich, dass Sie mich kaufen können, Mr Power – oder wie auch immer Sie in Wirklichkeit heißen? Ich will Ihnen etwas verraten: Wenn mir Geld wichtig wäre, dann wäre ich kein Collegedozent geworden.“

Power war mit dem Schreiben fertig und steckte den Stift wieder ein. „Ich weiß. Deshalb möchte ich das Geld auch nicht Ihnen anbieten, sondern Ihrer Stiftung.“

Er riss den Scheck aus dem Heft und zeigte ihn Ryan. Das Formular war tatsächlich auf die Stiftung ausgestellt – und es war eine beträchtliche Summe. Deutlich mehr, als bisher insgesamt an Zuwendungen zusammengekommen waren.

„Sie denken doch nicht, dass ich Ihnen das glaube. Dass Sie mich hierhergeholt haben, nur um mir einen Scheck zu übergeben.“

„Nicht nur, Mr Creed, aber auch. Dieses Geld hier bekommt Ihre Stiftung, wenn Sie jetzt und hier ein kleines Rätsel für mich lösen. Wenn Sie danach ein paar Tage für mich arbeiten, gibt es noch einmal deutlich mehr. Ein Vielfaches.“

„Für Sie arbeiten? Wie soll das aussehen?“

„Immer der Reihe nach. Lösen Sie das Rätsel, dann reden wir weiter – und Sie können entscheiden, ob Sie den Job annehmen.“ Power deutete auf Sarah Corbet. „Stattdessen können Sie natürlich auch auf meine Spende verzichten und sich von Sarah sofort zum Flughafen zurückbringen lassen. Das würde ich zwar sehr bedauern, ich würde Sie aber nicht daran hindern. Die Entscheidung liegt ganz bei Ihnen.“

Ryan fluchte innerlich. Der Kerl hatte ihm immer noch mit keinem Wort erklärt, worum es ging. Stattdessen ließ er einen so großen Köder vor seiner Nase baumeln, dass es fast unmöglich war, nicht zuzuschnappen.

Ganz egal, was Ryan gegenüber Power behauptet hatte: Natürlich wäre es ihm auch dann schwergefallen, Nein zu sagen, wenn das Geld für ihn bestimmt gewesen wäre. Er mochte Idealist sein, doch er war nicht komplett immun gegen die Verlockungen des Reichtums. So eine Spende für die Stiftung auszuschlagen – das war noch einmal eine Nummer schwieriger.

Er dachte an die Klientinnen und Klienten, die Jamie vertrat. Ganz normale Leute, die das Pech gehabt hatten, an die falschen Polizisten oder Staatsanwälte zu geraten. An Typen, denen ihre eigene Karriere wichtiger war als Wahrheit und Gerechtigkeit. Oder vielleicht auch einfach an machtbesoffene Arschlöcher, die glaubten, dass Regeln nur für andere galten.

Es war gut möglich, dass auch dieser Power ein Arschloch war – sein bisheriges Benehmen (und sein lächerlich arroganter Deckname) deuteten zumindest darauf hin. Aber wenn, dann war er zumindest jemand, der Geld für eine gute Sache geben wollte, wenn Ryan bereit war, sich ein Rätsel anzusehen. Konnte, nein *durfte* er das ausschlagen?

„Also gut." Ryan seufzte. „Unter einer Bedingung: Danach erklären Sie mir endlich genau, was hier gespielt wird."

Sarah Corbet lächelte triumphierend. „Wie gesagt: Jeder lässt sich von Geld beeindrucken."

Power hingegen blieb ungerührt. „Eine sehr gute Entscheidung, Mr Creed. Und ja, ich verspreche Ihnen hiermit hoch und heilig: Wenn Sie dieses Rätsel gelöst haben, stehe ich

Ihnen Rede und Antwort. Sowohl was das Rätsel angeht als auch bei Fragen zu meinem Auftrag für Sie – und wenn Sie nicht zufrieden sind mit dem, was Sie hören, können Sie den Scheck nehmen und zurück nach Hause fliegen."

Power öffnete den Koffer und nahm eine Klarsichthülle heraus, in der ein vergilbtes, handbeschriebenes Blatt Papier steckte, auf dem einige Münzen klebten. „Gehen Sie bitte vorsichtig damit um, Mr Creed. Es ist ein wertvolles Original. Wertvoller, als Sie es sich vorstellen können."

Ryan nahm das Blatt vorsichtig entgegen und legte es auf die Motorhaube des SUV. Aus der Nähe fiel ihm das schwache Karomuster auf, das auf dem Papier zu erkennen war.

Erschließt sich dir der Code der Münzen?
Vielleicht schaust du dir die Daten auf ihnen genauer an. Drei davon haben ein Datum, das dir sicher bekannt vorkommt. Und ist dir aufgefallen, worauf der Text und die Münzen abgebildet sind?

Lieber Nathan,   15. August 1934

Ich weiß nicht, wann Du das hier lesen wirst.

Wahrscheinlich werde ich dann schon gestorben sein.

Aber ich bin mir sicher, dass Du den Code der drei

Münzen auch ohne mich entschlüsseln kannst!

Zusammen mit der Karte wird er Dir den Weg weisen!

In Liebe

Dein Vater Reginald

P.S. Von links nach rechts

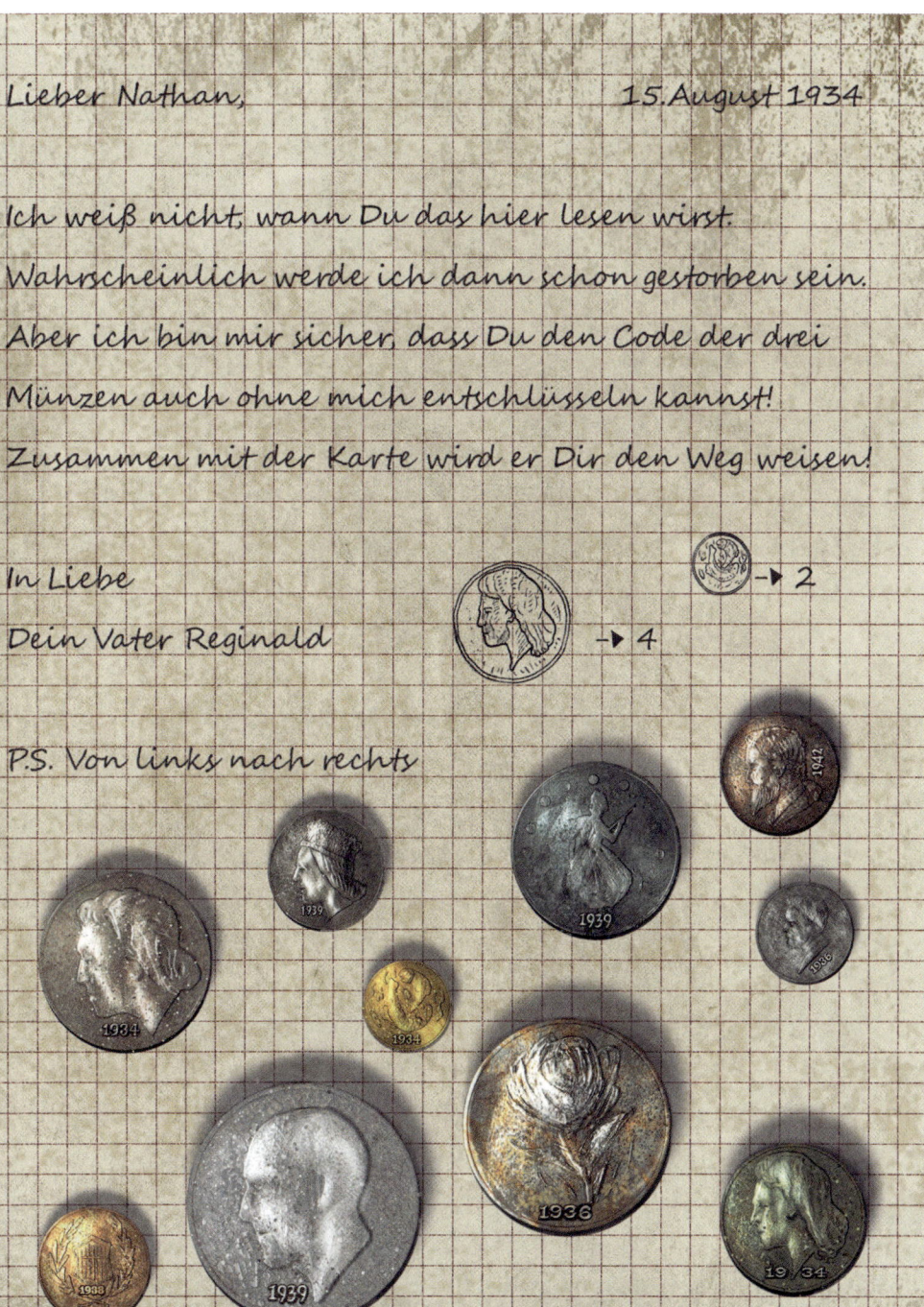

„Washington Street", las Ryan, als er das Falträtsel in den Aufzeichnungen gelöst hatte. „Und das Rätsel aus dem Brief ergab eine Zahlenfolge: 635. Das ist dann wahrscheinlich die Hausnummer!"

„Klingt logisch", sagte Power. „Aber glauben Sie bloß nicht, dass Sie dort die Münzen finden werden. Reginald Lang war bekannt für seine Exzentrik – so leicht wird er es nicht gemacht haben."

Ryan stand auf. „Wie weit ist die Adresse von hier?"

„Die Washington Street liegt nur ein Stück weiter südlich. Mit dem Wagen sind Sie in ein paar Minuten da." Power sah auf seine Uhr. „Und ich glaube, Ihre Mitfahrgelegenheit müsste jeden Moment hier sein."

Wie aufs Stichwort ertönte das Fahrstuhlsignal. Als sich die Türen öffneten, trat Sarah Corbet aus der Kabine – in einem gänzlich anderen Outfit als zuvor. Statt Geschäftskleidung trug sie nun robuste Outdoorkleidung: Jeans, eine funktionale Weste mit vielen Taschen und geländetaugliche Stiefel.

„Ich wäre so weit", erklärte sie. „Haben wir schon eine Lösung?"

Power nickte. „Pioneer Square. 635 Washington Street."

„Dann los!", erklärte Sarah.

Power übergab Corbet das Buch. „Passen Sie gut darauf auf. Es ist ein Einzelstück."

Ryan blickte aus dem Fenster. Die Sonne stand schon sehr tief über den Wassern des *Puget Sound.* „Na gut. Mal sehen, wie viel wir da heute Abend noch hinbekommen."

Power blieb im Büro zurück. Kein Wunder, fand Ryan. Er hat-

te sich die Unterstützung teuer genug erkauft. Warum sollte er sich jetzt noch weiter einmischen?

Ryan war sich nicht sicher, ob er am Ende wirklich das versprochene Geld für die Stiftung bekommen würde. Aber immerhin: Den einen Scheck hatte er schon einmal – und tatsächlich reizte ihn diese Sache nun. Ein verborgener Goldschatz – wer konnte da schon widerstehen?

Im Wagen bot Sarah Corbet ihm eine weniger förmliche Anrede an. „Wir werden in den nächsten Tagen ständig zusammenarbeiten. Da können wir uns doch ruhig beim Vornamen nennen, oder? Also nenn mich ruhig Sarah."

Ryan nahm das Angebot an.

Er warf einen Blick auf Sarahs Kleidung. „Du siehst aus, als wolltest du dich auf eine Wildnisexpedition begeben."

„Schau dich um! Die Wildnis ist hier gleich um die Ecke. Fahr zwanzig Meilen, egal in welche Richtung, und du stehst mitten im Gebirge." Sie überlegte kurz. „Na gut, nicht *ganz* egal in welche Richtung. Zwanzig Meilen nach Westen, und du bist auf dem Meeresgrund."

Sarah hatte Langs Notizbuch aus dem Büro mitgenommen. Ryan blätterte darin. Es war voll mit rätselhaften Anweisungen und Diagrammen.

„Und ihr seid euch sicher, dass der Weg zum Fundort nicht einfach irgendwo in diesem Buch versteckt ist?", wollte er wissen.

„Ganz sicher. Wir haben es uns wochenlang angesehen – und es scheint immer so, als hätte man nur Teile eines Puzzles vor sich. Ich denke, wir können die Rätsel nicht allein mit diesem Buch lösen – aber auch nicht ohne es."

Ryan musterte das Buch nachdenklich. „Das heißt, dieses Bändchen ist ein paar Hundert Millionen wert. Ich hoffe, ihr habt eine Sicherheitskopie."

„Natürlich hat Will es sofort abfotografieren lassen, aber es kann gut sein, dass dabei nicht alle Informationen gesichert wurden. Vielleicht hat Lang irgendwelche Hinweise versteckt, die nur in diesem Original hier zu finden sind."

Ryans Finger umklammerten das alte Notizbuch unwillkürlich ein wenig fester. Ihm wurde klar, dass er wohl noch nie etwas so Seltenes und Wertvolles in Händen gehalten hatte.

Sie ließen das zentrale Geschäftsviertel hinter sich. Die Häuser wurden älter und niedriger, und schon bald führte die Straße an roten Ziegelbauten aus dem späten 19. Jahrhundert vorbei.

„Das Viertel hier nennt sich Pioneer Square", erklärte Sarah. „Das ist die Keimzelle Seattles. Später ist das Zentrum dann ein Stück nach Norden gewandert, wo die Hochhäuser stehen. Viele von diesen Gebäuden gab es auch schon zu Reginald Langs Zeiten." Sarah setzte den Blinker und parkte am Straßenrand. Sie stiegen aus.

„Nr. 635 müsste ein Stück dort runter sein", erklärte Sarah und deutete in Richtung Westen.

Sie folgten der Straße vorbei an alten und neuen Gebäuden, bis sie schließlich dort ankam, wo sich Haus Nr. 635 befand. Beziehungsweise: wo es sich hätte befinden müssen. Denn der ganze Block war eine Brachfläche!

„Das war's dann wohl", murmelte Ryan enttäuscht. „Sieht so aus, als wären wir ein paar Jahre zu spät dran."

Sarah nahm den Stadtplan aus dem Notizbuch zur Hand und

überprüfte ihre Position. „Ja. Die Adresse müsste genau hier sein."

Das Licht der Straßenlaternen schien auf Grashalme, die sich im Wind wiegten.

Ein bisschen tat es Ryan leid. Nicht nur wegen des Geldes – er hatte angefangen, sich auf das nächste Rätsel zu freuen. Und nun standen sie an einer öden Baulücke.

„Wollen wir Power anrufen oder möchtest du es ihm lieber persönlich erzählen?", fragte er Sarah.

Doch Sarah beachtete ihn gar nicht, sondern schaute angespannt auf den Plan. Dann lachte sie auf: „Reginald Lang war wirklich gut! Jetzt hätte er uns fast reingelegt!" Sie hielt Ryan das Buch hin und deutete auf eine kleine Notiz am Rand des Plans: Planungsstand: Mai 1889. „Na, sagt dir das was?!"

Ryan schüttelte den Kopf. „Meinst du, in der Jahreszahl ist etwas verschlüsselt?"

„In gewisser Weise ja, aber nicht auf die Art, wie du es von deinen Rätseln kennst! Reginald Lang hat sich die Geschichte der Stadt zunutze gemacht."

„Ich muss nicht verstehen, was du damit meinst, oder?"

Sarah deutete auf die Gebäude, die sie umgaben. „Fällt dir etwas auf? Das sind alles Ziegelbauten – und alle vom Ende des 19. Jahrhunderts."

Ryan wusste nicht, worauf sie hinauswollte. „Das war zu der Zeit doch üblich."

„Ja, schon! Aber Seattle ist noch ein paar Jahrzehnte älter. Trotzdem findet sich hier, im ältesten Teil der Stadt, kein Haus aus den tatsächlichen Gründungsjahren. Und weißt du auch wieso?"

„Die wurden abgerissen?", vermutete Ryan.

„Fast", erwiderte Sarah. „Die meisten sind abgebrannt. Bei einem Großfeuer, das praktisch die ganze Stadt zerstört hat. War nämlich alles aus Holz. Und im Geschichtsunterricht haben wir gelernt, wann das war: nämlich am 6. Juni 1889."

Ryan sah auf den Plan. „Das heißt, die Karte zeigt den Stand vor dem Feuer." Er hielt verwirrt inne. „Aber was soll das? Lang hat die Münzen doch irgendwann nach 1933 versteckt. Warum packt er einen so alten Plan da rein."

„Es ist ein Hinweis", erklärte Sarah. „Nach dem Feuer wurde die Stadt mit diesen Ziegelhäusern hier wieder aufgebaut. Weil sowieso alles kaputt war, haben die Stadtväter nebenbei noch eine andere Änderung vorgenommen: Die Stadt wurde eine Etage höher gelegt."

„Wie meinst du das?"

„Na ja, das alte Seattle hatte oft mit Überflutungen zu kämpfen, wenn der *Puget Sound* mal etwas wild wurde. Deswegen haben sie beim Wiederaufbau den Boden aufgeschüttet, damit die Füße trocken blieben."

„Ist ja schön, dass du mir eine Lektion in Stadtgeschichte erteilst, aber ich verstehe immer noch nicht, wie uns das helfen soll, die Münzen zu finden."

„Der Clou kommt jetzt! Ein komplettes Stadtviertel aufzuschütten, das dauert. Deswegen konnten die das nicht direkt nach dem Feuer machen. Also haben die Leute ihre Häuser erst einmal wieder da aufgebaut, wo sie vorher gestanden haben. Aber sie wussten ja, dass der Boden später angehoben wird! Darum haben sie den ersten Stock ihrer Gebäude so gebaut, dass er später zum Erdgeschoss werden konnte."

Ryan schaute auf die alten Bauten um sie herum. Sie wirkten ganz normal – rötliche Ziegelhäuser mit drei bis vier Etagen. „Warte mal! Soll das heißen, wir stehen hier eigentlich vor dem ersten Stock dieser Häuser?"

„Ganz genau. Und unter der Erde ist noch das Erdgeschoss. In diesem Fall im wahrsten Sinne des Wortes."

Er deutete auf die Brache. „Du meinst also, unter dem Gras hier könnte noch ein Rest des alten Hauses sein?"

Sarah nickte. „Und das, was wir suchen, ist auf jeden Fall auf dieser Ebene. Deswegen hat Reginald Lang so einen alten Plan benutzt."

„Und wie sollen wir da rankommen? Wir können ja schlecht das Gelände aufbaggern, um nach den alten Fundamenten zu suchen."

„Du hast Will kennengelernt", antwortete Sarah trocken. „Für den wäre das kein Problem."

Ryan war überrascht. „Ernsthaft? Du willst eine Baukolonne kommen lassen?!"

Sarah grinste. „Ich glaub nicht, dass das nötig ist. Wir können das Ganze auch einfacher haben."

Sie ging los und gab Ryan ein Zeichen, dass er ihr folgen solle.

„Die alten Straßen wurden damals nicht komplett zugeschüttet", erklärte Sarah, während sie in Richtung einer Straßenkreuzung gingen. Sie deutete auf ein paar ins Gehwegpflaster eingelassene Glasbausteine. „Siehst du die? Das sind Oberlichter für unterirdische Gänge."

„Unterirdische Gänge?!", wiederholte Ryan ungläubig. „Ist das echt dein Ernst?"

„Ja", bestätigte Sarah. „Ein paar Jahrzehnte lang hatte die

Stadt in dieser Ecke zwei Ebenen. Irgendwann wurde dann der Untergrund dicht gemacht und geriet in Vergessenheit."

Die Kreuzung entpuppte sich als baumbestandener kleiner Platz, der von alten Gebäuden gesäumt war. Wäre da nicht der Lärm des nahe gelegenen Highways gewesen, Ryan hätte glatt glauben können, sich in einem verschlafenen Nest zu befinden statt in einer der wichtigsten Städte der Region.

„Inzwischen", fuhr Sarah fort, „sind die alten Gänge allerdings alles andere als vergessen."

Sie ging zu einem schmalen Ladengeschäft, an dessen Tür eine große Inschrift prangte: *Seattle Underground Tours – täglich von 10:00 bis 18:00 Uhr.*

„Die sind jetzt eine Touristenattraktion?" Das gefiel Ryan gar nicht. Wenn sich in den Gängen jeden Tag die Menschenmassen drängelten, war die Gefahr recht groß, dass von dem, was Reginald Lang dort unten versteckt hatte, nicht mehr viel übrig war.

Sarah teilte seine Skepsis nicht. „Solange wir nicht mit eigenen Augen gesehen haben, dass da nichts ist, vertraue ich darauf, dass der gute Mr Lang sein Versteck zukunftssicher geplant haben dürfte."

Ryan seufzte. „Na gut, dann können wir ja morgen früh mal eine Tour machen."

Sarah zog etwas aus ihrer Tasche und hantierte damit kurz am Schloss der Ladentür. „Warum so lange warten?", fragte sie und drückte die Tür auf.

Ryan machte einen Schritt zurück. „Moment! Du willst da einbrechen? Power hat mir garantiert, dass wir komplett legal bleiben."

„Jetzt hab dich nicht so – wir räumen ja keine Bank aus oder

so was. Wir gucken uns das Ganze nur zu einer etwas anderen Zeit an, als es die Leute normalerweise tun. Wenn es dich beruhigt, können wir ihnen auch ein paar Dollar Eintrittsgeld auf den Tresen legen."

Ryan sah sich um. Wurden sie vielleicht beobachtet? Ein weißer SUV fuhr langsam am Platz vorbei, doch der Fahrer schien sie nicht zu beachten, sondern suchte offenbar nach einer bestimmten Straße. Einen Moment später bog er ab, und der Wagen verschwand um eine Ecke. Ryan atmete auf.

Sarah lachte. „Ich glaub's nicht! Du bist doch *der* Ryan Creed, oder? Das Wunderkind, das sich damals in Hochsicherheitsserver gehackt hat. Oder?"

Ryan rollte mit den Augen. Er mochte es nicht, wenn seine Vergangenheit zur Sprache kam. „Ja", gab er zu. „Aber das ist ewig her."

„Zwölf Jahre", konterte Sarah. „Maximal. Du musst bestimmt jetzt noch deinen Führerschein zeigen, wenn du Bier kaufst, oder?"

„Ich hab seitdem zu vielen Dingen eine andere Meinung", beharrte Ryan.

„Das nehm ich dir nicht ab. Als Teenie hast du dich in super abgesicherte Rechner reingehackt, und jetzt hast du Schiss davor, dich abends in so einem Touristending umzugucken!"

Ryan überlegte einen Moment. Eigentlich hatte Sarah ja recht – verglichen mit den Dingen, die er früher gemacht hatte, war das hier harmlos. Trotzdem blieb da dieses unangenehme Gefühl.

„Es geht ums Prinzip", erklärte er schließlich. „Zuerst hieß es *nichts Illegales,* und nun steigen wir hier ein. Was kommt als Nächstes?"

„Ach so! Angst vor Hausfriedensbruch als Einstiegsdroge?" Sarah lächelte. „Keine Sorge, illegaler wird es wirklich nicht. Wir sehen uns vielleicht an ein paar Orten um, an die wir nicht eingeladen wurden, aber das war's. Kein Mord und Totschlag, kein Diebstahl und keine Geiseln. Kannst du damit leben?"

Ryan gab sich einen Ruck. „Na gut. Auf dem Schild hier steht ja: *Besuchen Sie uns!* Dann tun wir ihnen doch den Gefallen.

Als sie den verwaisten Eingangsraum betraten, steckte Sarah ein paar Dollarnoten in die Trinkgelddose. „Bitte sehr. Wie versprochen."

Ryan sah ihr zu, wie sie geschickt mit ihrem Dietrich hantierte, um die Außentür wieder abzuschließen.

„Das wirkt recht professionell", kommentierte er.

„Wenn man für Will arbeitet, kann es ganz praktisch sein, sich ein paar ungewöhnliche Fähigkeiten anzueignen." Sie ging am Tickettresen vorbei zu einer Treppe, die nach unten führte. „So, dann mal hinab in den Untergrund."

Die Stufen waren recht steil, und Sarah und Ryan hatten aus Sicherheitsgründen kein Licht eingeschaltet. So wurde ihr Abstieg nur von dem Licht aus Sarahs Taschenlampe beleuchtet.

Nach knapp zwei Metern erreichten sie das Ende der Treppe. Sarah leuchtete nach vorn. Sie standen in einem niedrigen Kellerraum mit soliden Ziegelwänden. Der Lichtstrahl der Taschenlampe strich über Bilder, Schautafeln und Ausstellungsstücke, die über die Geschichte des Seattle Underground informierten. Nirgendwo sahen sie einen Ausgang.

„Versuch's mal hinter uns", schlug Ryan vor.

Sarah drehte sich um – und tatsächlich: Hinter ihnen, an der gleichen Stelle, an der sich ein Stockwerk höher der Eingang

befunden hatte, war eine Wand mit alten, längst blind gewordenen Schaufenstern, zwischen denen ein Türbogen ins Dunkel führte.

„Bingo!", murmelte Sarah. „Willkommen im Seattle Underground."

Lies weiter auf Seite 050.

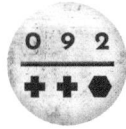
„Ich kenne den Pfad!", erklärte Ryan schließlich. „Wenn Sie mir folgen, bringe ich Sie hier raus. Aber wie gesagt: Nur, wenn Sie vorher Ihre Waffen wegwerfen."

Smith blickte auf Ryans Kohlenotizen auf dem Boden, die einen Weg durch das Gängelabyrinth zu weisen schienen. „Ich könnte Sie auch einfach hierlassen und gehen."

„Könnten Sie", gab Ryan zu. „Aber erstens hätten Sie dann keine Hilfe beim Finden der Münzen, und zweitens wissen Sie nicht, ob ich nicht vielleicht einen Fehler in die Zeichnung eingebaut habe. Ist Ihre Sache, ob Sie es darauf ankommen lassen wollen."

Smith gab Hector ein Zeichen. „Fesseln Sie den beiden die Hände! Und nehmen Sie ihnen ihre Telefone ab."

Hector hatte Kabelbinder dabei. Das kantige Plastik schnitt in Ryans Fleisch, und er beobachtete, wie auch Sarah sich widerwillig fesseln ließ.

Der Leibwächter stutzte ein wenig, als er Ryans altmodisches Telefon mit Tastatur und Schwarz-Weiß-Display sah.

„Was?", fragte Ryan. „Funktioniert sehr gut!"

Hector schüttelte brummelnd den Kopf und fuhr mit seiner Arbeit fort.

Als er fertig war, prüfte Smith den Sitz der Fesseln. „Okay. Dann werde auch ich meine Seite der Abmachung einhalten."

Smith warf seine Waffe in eine Ecke der Höhle und wies Hector an, das Gleiche zu tun. Der Leibwächter gehorchte sofort. Fragen oder Zweifel an seinem Chef schienen nicht zu seiner Jobbeschreibung zu gehören.

„Also los, Mr Creed. Bringen Sie uns hier raus!"

Der Weg war lang und die Stollen eng. An einigen Stellen berührten Ryans Schultern beide Seitenwände gleichzeitig. Er hatte keine Ahnung, wie Hector es schaffte, da durchzukommen.

Es fiel ihm nicht leicht, im Ganggewirr nicht die Orientierung zu verlieren, und den Pfad, den ihm die Karte gewiesen hatte, im Kopf zu behalten. Ein paarmal hätte Ryan fast die falsche Abzweigung genommen, doch immer wurde ihm im letzten Moment klar, was er da tat.

Wie lange genau sie so durch die Mine irrten, hätte er nicht sagen können. Es war schwer, die Zeit einzuschätzen, wenn man kein Tageslicht hatte. Endlich aber sah er im Schein der Taschenlampen etwas glitzern: Es waren die Schienen der Lorenbahn! Und einen Moment später erkannte er die Kreuzung, an der sie ihren Abstieg in die Mine gestartet hatten.

„Hier links, dann sind wir gleich wieder draußen!", erklärte er.

Und wirklich: Minuten später sahen sie das Tageslicht durch den Höhleneingang scheinen.

Es war mittlerweile Nachmittag, und Ryan sah, dass ein Stück entfernt von Sarahs Helikopter ein zweiter Hubschrauber gelandet war. Smith' Transportgelegenheit, vermutete er. Im Cockpit saß ein Mann in einem olivfarbenen Overall, der entspannt die Augen geschlossen hatte. Als er die Gruppe aus der Mine kommen hörte, stieg er aus und zog eine Pistole.

Ryan blieb stehen. „Sagen Sie ihm, dass er die Waffe wegwerfen soll", erinnerte er Smith.

Smith seufzte und gab die Anweisung. „Sie haben ihn gehört, Guido."

Anders als Hector war Guido offenbar zu selbstständigem Denken fähig. Er sah seinen Chef fragend an. Der bekräftigte die Aufforderung. „Na los, machen Sie schon!"

Guido hob ratlos die Schultern und warf die Pistole weg.

„Dann schauen wir doch mal, was Mr Lang nun für uns vorbereitet hat", murmelte Smith und öffnete die Metallkassette, die sie in der Mine gefunden hatten.

Darin befand sich ein zusammengefaltetes Stück Papier. Smith nahm es mit spitzen Fingern heraus und las eine Widmung, die darauf geschrieben war: *„Für Nathan Lang! In Liebe: Dein Vater Reginald."* Smith lachte auf. „Wir sind wohl schon ganz nah am Ziel!" Er entfaltete das Dokument und lächelte triumphierend. „Hab ich es doch gewusst!" Ryan warf einen Blick darauf. Es war eine Landkarte.

„Sagt Ihnen das etwas, Guido?", fragte Smith den Piloten.

Guido studierte einen Moment die Karte. „Das sieht aus wie Copper Lake, Sir", sagte er dann.

„Wunderbar! Wissen Sie, ob man dort landen kann?"

„Ja, Sir."

„Dann nichts wie los!"

Smith' Hubschrauber war zwar etwas geräumiger als der, in dem Sarah sie hergebracht hatte, dennoch war es darin sehr eng. Smith und Guido saßen auf den vorderen Sitzen, während sich Ryan und Sarah zusammen mit dem massigen Hector auf die Rückbank quetschen mussten.

Der Lärm der Rotoren machte jede Unterhaltung während des Fluges unmöglich. Das hieß aber nicht, dass Ryan und Sarah sich nicht verständigen konnten.

Ryan wartete ab, bis Hector gelangweilt aus dem Fenster sah, dann blickte er zu Sarah und formte mit seinem Mund die Worte „Copper Lake" und schaute dabei möglichst fragend. „Weißt du, wo das ist?", sollte das heißen.

Sarah verstand. Sie nickte schwach und machte dann kurz eine unzufriedene Grimasse.

Copper Lake war weit weg von der Zivilisation, vermutete Ryan, also auch weit weg von jeglicher Hilfe.

Tatsächlich wurden die Gipfel um sie herum höher und höher. Hier und da lag auf ihnen schon Schnee. Und immer seltener sah Ryan Spuren menschlicher Besiedlung in den Tälern.

„Nationalpark", formte Sarah mit ihrem Mund.

Ryan fluchte leise – denn das hieß nicht nur unberührte Natur, sondern auch größtmögliche Einsamkeit.

Endlich veränderte sich das monotone Dröhnen der Rotoren, und als Ryan aus dem Fenster sah, erkannte er, dass sie sich einem See näherten. Copper Lake, vermutete er.

Guido flog knapp über dem Wasser und steuerte eine flache, weit offene Stelle am Ufer an, eine Art Kieselstrand.

Sanft setzte der Helikopter auf den Steinen auf.

Als Ryan ausstieg, fiel ihm auf, wie wunderschön dieser Ort war. Der See war umgeben von dicht bewaldeten Hängen und schneebedeckten Gipfeln, die sich in der glatten Wasseroberfläche nahezu perfekt spiegelten.

Ein Paradies, dachte Ryan – zumindest für all diejenigen, die sich nicht gerade in der Gewalt von Verbrechern befanden.

Smith hatte inzwischen die Karte wieder entrollt und deutete darauf. „Wir befinden uns hier – und anscheinend müs-

sen wir dort drüben hin." Er zeigte in Richtung eines kurzen Bootsstegs, dann faltete er die Karte wieder zusammen, bevor Ryan sie sich genauer ansehen konnte.

Die Gruppe machte sich auf den Weg. Ryan und Sarah gingen bewusst langsam. Sie wollten es nicht riskieren, zu stolpern, denn das könnte mit gefesselten Händen äußerst schmerzhaft sein.

„Meinst du wirklich, dass die Münzen hier sind?", raunte ihm Sarah zu.

„Keine Ahnung. Die Widmung klingt jedenfalls danach." Ryan stieg vorsichtig über einen Baumstamm, der vor ihm auf dem Weg lag.

„Und wenn sie es sind – wer sagt uns, dass Smith Wort hält und uns danach freilässt?" Sie blickte sich um. „Wenn er uns hier umbringt, findet uns kein Mensch. Wenn er uns hier einfach sitzen lässt, allerdings auch nicht."

Ryan nickte grimmig. Es sah nicht gut für sie aus.

„Klappe halten und laufen!" Hector hob drohend eine Schaufel, die er aus dem Hubschrauber mitgenommen hatte.

Lies weiter auf Seite 111.

Eine halbe Stunde später bog Sarah in die Auffahrt eines kleinen Motels am Stadtrand ein, dessen flackernde Leuchtreklame *Klimaanlage und Kabelfernsehen in allen Zimmern* versprach.

„*Hier* hat Power für mich reserviert?", wunderte sich Ryan.

„Ich kann dich nicht zu deinem Hotel bringen – zu riskant. Will lässt seine Gäste immer dort übernachten. Wenn die Typen, die uns verfolgt haben, das wissen, könnten sie da auf uns warten. Deswegen bleiben wir heute Nacht lieber hier." Sie stieg aus und deutete in Richtung Rückbank. „Vergiss deine Sachen nicht."

Ryan sammelte die Einkaufstüten ein und folgte Sarah. „Moment mal, wieso *die Typen?* Wir haben nur ein Auto gesehen – warum glaubst du, dass dahinter eine ganze Verschwörung steckt, die genau über Will Bescheid weiß?"

„Weil es um Geld geht, Ryan. Um viel Geld. Da sollte man immer mit dem Schlimmsten rechnen."

Der Teenager an der Rezeption sah kaum von seinem Handyspiel auf, als sie nach einem Zimmer fragten.

Kurz darauf stellte Ryan die Einkaufstüten in dem einfach eingerichteten, aber sauberen Erdgeschossraum ab. Er sah sich um, und alles sah genauso aus, wie er es von unzähligen Reisen her kannte: ausgetretener Teppich, Sperrholzmöbel in einem Design, das vielleicht vor dreißig Jahren modern gewesen war, und eine klobige Klimaanlage, deren Kasten im Fenster vor sich hinröchelte.

Er schaltete sie ab – es war kühl genug.

Sarah kam herein. Sie hatte den Wagen umgeparkt.

„Und du bist dir sicher, dass die Typen uns hier nicht finden werden?", fragte Ryan.

„Es ist dunkel, und der Wagen steht so, dass man ihn von der Straße aus nicht sehen kann. Ich glaube nicht, dass die es bis morgen früh schaffen, sämtliche Hotelparkplätze in Seattle abzuklappern."

Sie deutete auf das Bett. „Ich nehm die Seite zur Tür, wenn es dir recht ist."

„Ja, klar." Ryan zögerte einen Moment. „Und es stört dich auch nicht, wenn wir in einem Bett schlafen?"

Sarah lachte. „Bisher habe ich den Eindruck, dass du ein Gentleman bist. Falls ich mich da getäuscht haben sollte, warne ich dich: Ich kann Judo und Karate."

Ryan lachte ebenfalls und winkte ab. „Keine Sorge, ich werde ganz brav bleiben."

Der Tag war anstrengend gewesen, und sie gingen direkt ins Bett. Als das Licht ausgeschaltet war, kam Ryan noch ein Gedanke.

„Sag mal, was genau wisst ihr eigentlich über mich? Du und Power?"

„Alles, was sich in öffentlichen Quellen finden ließ. Die Zeitungsberichte über deinen Prozess damals, dass du für die Behörden gearbeitet hast und so weiter. Wieso?"

„Na ja, ist das nicht irgendwie unfair? Dass ihr so viel wisst und ich gar nichts?"

Sarahs Stimme wurde etwas schärfer. „Falls du denkst, dass ich jetzt mein Leben vor dir ausbreite: Sorry, das wird nicht passieren. Gerade du müsstest ja wissen, wie wichtig Privatsphäre sein kann."

Ryan wunderte sich etwas über ihren harten Tonfall. Hatte er

da versehentlich einen wunden Punkt getroffen? Er beschloss, dass es besser war, im Moment nicht weiter nachzubohren.

„Nein, ich dachte mehr an Will Power. Wie ist es so, für ihn zu arbeiten?" Sarah dachte einen Moment nach. „Will ist stinkreich, das hast du ja schon mitbekommen. Und er ist kein schlechter Mensch. Wenn er dir etwas verspricht, dann meint er, was er sagt. Keine Fallstricke oder versteckten Ausflüchte. Er ist allerdings auch ein Egoist – ich denke, sonst wäre er auch nicht so reich geworden."

„Was meinst du damit?"

„Solange er dir keine sonstigen Zusagen gemacht hat, wird Will immer zuerst an sich denken. Wenn für dich und mich dabei auch etwas abfällt, ist das okay für ihn, aber wir sind ganz weit unten auf seiner Prioritätenliste." Sie hielt inne und überlegte kurz. „Ich glaube, was ich sagen will, ist: So ein Job für Will kann eine Riesenchance sein – doch du darfst darüber nicht vergessen, für dich selbst zu sorgen."

„Klingt anstrengend", meinte Ryan.

„So ist das nun mal. Das Leben ist immer anstrengend", erwiderte Sarah. „Man muss nur die richtigen Prioritäten setzen, damit man weiß, wofür man sich anstrengt." Sie wünschte Ryan eine gute Nacht und drehte sich von ihm weg auf die Seite.

Er blieb noch einen Moment lang wach und sah an die Decke – dabei fragte er sich, wie viele seiner Prioritäten im Leben Will und Sarah wohl teilen mochten. Er hatte den Verdacht, dass es nicht viele waren.

Ryan war erschöpft, aber sein Tag war zu aufregend gewesen, als dass er sofort hätte einschlafen können. Sarahs Besuch

am College am Morgen. Der Flug nach Seattle. Dieser merk-
würdige Mann, der sich „Will Power" nannte. Die Suche im
Seattle Underground. Und natürlich die Typen, die sie verfolgt
hatten.

Sarah schien all das nicht viel auszumachen. Ihre regelmäßi-
gen Atemzüge verrieten, dass sie schon schlief. Ryans Gedanken hingegen wanderten wieder in die Vergangenheit ...

== E-RazOr has joined the channel.
<Doom98> @E-RazOr Hi! Wie läuft's?
<E-RazOr> Ich hab Mist gebaut!
<Doom98> Stopp! Nicht hier!

*Einen Moment später ertönte ein Ping, und das Chatprogramm
zeigte an, dass eine private Nachricht für Ryan eingetroffen war:*

== Doom98 has invited you to a private chat session. Will you accept? (Y/N)

Ryan tippte hektisch „Y", und ein neues Chatfenster öffnete sich.

== E-RazOr has joined the private chat.
== Doom98 has joined the private chat.
<Doom98> Was ist los?!
<E-RazOr> Ich hab Mist gebaut.
<Doom98> Hast du schon gesagt. Was für Mist, Mann?!
<E-RazOr> Mir ist die VPN-Verbindung abgeraucht, und ich hab's
nicht gemerkt.
<Doom98> Shit!

<Doom98> Was hast du da gerade gemacht?

<E-Raz0r> War direkt vor 'ner Aktion.

<Doom98> VOR der Aktion oder WÄHREND ihr?

<E-Raz0r> Das Skript ist nicht lang gelaufen. 20, 30 Sekunden vielleicht.

<Doom98> Das ist 'ne Ewigkeit! Warst du wenigstens über Tor drin?

<E-Raz0r> Nee. Ist zusammen mit dem VPN abgekackt.

<Doom98> Mann! Was hab ich dir beigebracht? VPN und Tor sind wie ein Kondom! Die sorgen dafür, dass es keine unliebsame Überraschung gibt, nachdem man drin war!

<Doom98> Jetzt kann jeder Admin bei denen deine IP in den Logfiles sehen. Und wenn der dann bei den Bullen anruft, bist du dran.

<E-Raz0r> Ich weiß. Shit! Shit! Shit! Meine Eltern killen mich, wenn hier die Polizei vor der Tür steht!

<Doom98> Hättest du dir vielleicht vorher überlegen sollen.

<E-Raz0r> Lass den Scheiß! Was soll ich jetzt machen, verdammt?

<Doom98> Relax! Wie ist die IP des Servers, den du dir vorgenommen hattest?

<E-Raz0r> 198.51.100.27

<E-Raz0r> Ist eine Textilfirma. Ich glaub, die hängen in Kinderarbeit mit drin.

<Doom98> Wolltest du Robin Hood spielen?

<Doom98> Ganz schlechte Idee.

<Doom98> Ich hab's dir doch erklärt: Gier macht blind. Sobald du auf irgendwas scharf bist, was auf den Rechnern liegt, machst du Fehler. Egal, was es ist, das du haben willst.

<Doom98> Und ich darf die Karre dann aus dem Dreck ziehen.

<E-Raz0r> Heißt das, du hilfst mir?!

<Doom98> Schon passiert!

<Doom98> Bin über den Laptop reingegangen. Logfile ist blank geputzt, als wärst du nie da gewesen.
<E-RazOr> Wow! Danke!
<E-RazOr> Du hast mir gerade komplett das Leben gerettet! Ohne Scheiß!
<Doom98> Sei demnächst einfach vorsichtiger, ja?
<Doom98> Und vergiss nicht: Bleib sauber. Guck dich um, hab Spaß, aber mehr nicht. Keine Raubzüge, keine Heldentaten, sonst gehst du ganz schnell hops!
== Doom98 has left the private chat.

Die Lektion hatte Ryan damals gelernt. Aber noch etwas anderes war ihm klar geworden: Wenn dir Leute auf den Fersen sind, ist jeder deiner Fehler ein Geschenk für sie. Deshalb war OpSec – Operational Security – danach seine absolute Toppriorität geworden. Er konfigurierte seine Software so, dass sie nur noch funktionierte, wenn die Verbindung von Grund auf sicher war. Und trotzdem überprüfte er in jeder Phase eines Hacks immer wieder, ob auch wirklich alles so lief, wie es sollte.

So etwas wie an diesem Abend hatte er nie wieder erleben wollen.

Er war sich sicher, dass auch Sarah und dieser Will Power auf OpSec achteten – sie wirkten nicht wie Menschen, die unnötige Risiken eingingen. Und trotzdem hatten diese Typen mit dem weißen SUV sie gefunden. Das bedeutete: Entweder hatten Sarah, Will und er irgendwo trotz aller Vorsicht einen Fehler gemacht, oder sie hatten es mit einem Gegner zu tun, vor dem man nichts geheim halten konnte.

Normalerweise wäre das etwas, was einem den Schlaf rauben konnte. Doch jetzt endlich war Ryan tatsächlich so müde, dass er ausgerechnet über diesem Gedanken einschlief.

Lies weiter auf Seite 047.

Ryans Kinnlade klappte herunter. „Dreißig Münzen! Das wäre ja ein unglaublicher Wert!"

Power nickte. „Deshalb bin ich auch bereit, Ihrer Stiftung eine entsprechende Summe zukommen zu lassen. Wären zehn Millionen Dollar als Entgelt für Ihre Mithilfe angemessen?"

Ryan wusste nicht, was er sagen sollte. Powers erster Scheck war schon großzügig gewesen – aber zehn Millionen? Das würde die Arbeit der Stiftung von Grund auf verändern!

Powers Finger trommelten auf die Schreibtischplatte. „Ich interpretiere Ihr Schweigen als Ja, Mr Creed. Ist das korrekt?"

„Und es ist nichts Illegales an der Sache?", fragte Ryan.

„Nicht das Geringste. Von mir aus können Sie nach Abschluss der Angelegenheit den Behörden und aller Welt davon erzählen. Nur während der Suche muss ich Sie um Verschwiegenheit bitten, wir wollen keine Trittbrettfahrer auf den Plan rufen."

Das klang für Ryan vernünftig. „Sie sind sich sicher, dass ich der Richtige bin, um diese Münzen zu finden?"

„Ich glaube sogar, dass Sie der Einzige sind, dem dies gelingen kann", erwiderte Power. „Um es ganz klar zu sagen: Ich erwarte nicht, dass Sie die Münzen garantiert finden. Vielleicht sind sie schon gestohlen oder zerstört. Aber ich erwarte von Ihnen, dass Sie der Spur so weit folgen, wie sie existiert. Sobald Sie mir Ihre Kooperation zusichern, können Sie loslegen. Und ich bin mir ziemlich sicher, dass diese Rätsel alles in den Schatten stellen werden, was Ihnen bisher über den Weg gelaufen ist."

Ryan seufzte. Er wusste, dass dies eine einmalige Chance war. Wenn er den Auftrag annahm, würde er sich vielleicht später dafür verfluchen. Aber wenn er ihn nicht annahm, würde er

sich dafür *mit Sicherheit* für den Rest seines Lebens verfluchen. Und das nicht nur wegen des Geldes für die Stiftung.

Er streckte Power die Hand entgegen. „Gut. Ich bin dabei."

Power schlug ein. „Sehr schön!" Er öffnete eine Schublade an seinem Schreibtisch und holte ein abgewetztes Notizbuch hervor. Auf dem Deckel befand sich ein Monogramm aus den Buchstaben R und L.

„Das hier sind die Aufzeichnungen eines gewissen Reginald Lang. In den 1930er-Jahren war er ein sehr umtriebiger Münzhändler – und es hat schon immer Gerüchte gegeben, dass er damals an einige Exemplare der Double Eagles gekommen sein könnte. Die meisten Quellen sprechen von dreißig Stück. Darum habe ich es mir zur Aufgabe gemacht, so viel wie möglich von seinen Besitztümern an mich zu bringen. Den Brief, den sie vorhin entschlüsselt haben, hatte er an seinen Sohn, Nathan Lang, geschrieben. Ich gehe davon aus, dass er vorhatte, ihm die Münzen zu vermachen, und sie bis dahin an einem sicheren Ort verwahren wollte. Seine Papiere enthalten Hinweise darauf, wo er sie deponiert hat."

„Und wie können Sie sich sicher sein, dass Langs Sohn sie nicht schon längst aus dem Versteck geholt hat?"

„Nathan ist noch vor Reginald Lang gestorben. 1943 im Pazifik untergegangen – mit einem Flugzeugträger. Weitere Erben hatte Reginald nicht. Aber es ist auch nicht bekannt, dass er die Münzen anderweitig veräußert hätte."

„Das heißt, Sie glauben, dass sie noch immer in ihrem Versteck liegen."

„Korrekt. Und vor einigen Wochen bin ich dankenswerterweise an dieses Büchlein aus dem Besitz Reginald Langs gekommen." Power deutete auf das Notizbuch. „Und ich bin mir sehr sicher, dass es den Weg zum Schatz weist. Wenn man es denn nur richtig lesen kann ... Und da kommen Sie ins Spiel, Mr Creed."

„In dem Brief war die Rede von einer Karte. Der Zahlencode und eine Karte würden uns *den Weg weisen*."

Power schlug das Buch auf. „Ich nehme an, dass es sich um diese Karte handeln dürfte. Ein Stadtplan von Seattle, vom alten Stadtzentrum".

Ryan besah sich den Plan genauer. Ein Text stand daneben:

*An Linien zu***recht** *falte die Seiten,*
die vierte Zeile soll dich leiten.
Welche Seiten fragst du dann,
die mit senkrechtem Strich bringen dich voran.
Doch den Code dir nur verraten
nebenstehende Koordinaten.
Dir fehlt noch die Ordnung? Merke dir bloß:
Beginne mit klein und ende mit groß!

„Nun, haben Sie eine Idee?", fragte Power erwartungsvoll.

Hast du eine Idee? Der Text neben dem Plan spricht von senkrechten Strichen auf Seiten. Suche nach ihnen im Buch! Bringe dann das, das du entdeckst, mit Text und Stadtplan in Einklang.

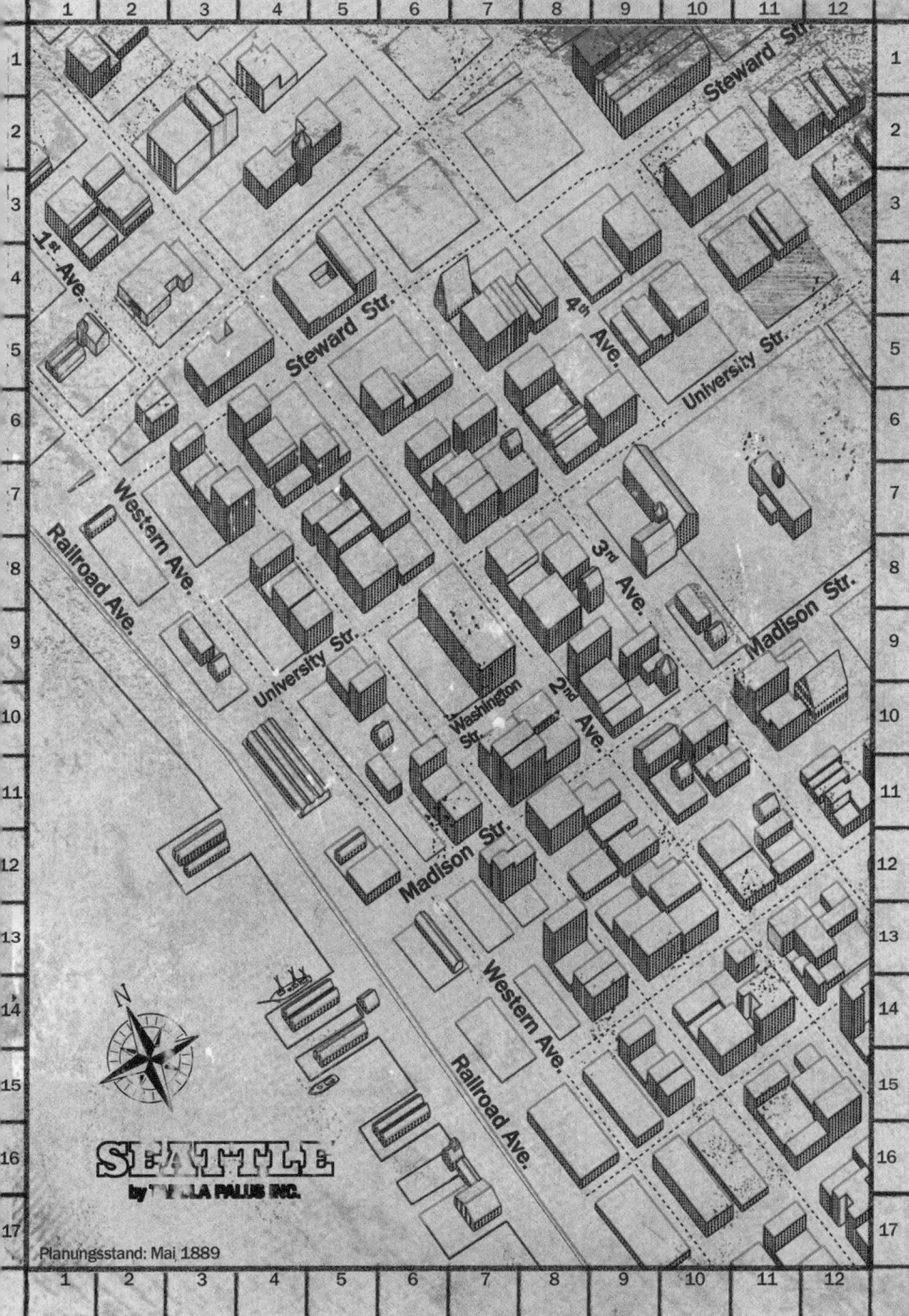

SEATTLE

by TELLA PALUS INC.

Planungsstand: Mai 1889

„Hier ist etwas!", rief Sarah. „Es ist aus Metall!"

Die Stelle, die Langs Anweisungen ihnen gezeigt hatte, befand sich direkt neben einem der schweren Stützpfeiler.

Ryan hockte sich neben Sarah und schaute in das Loch, das sie gegraben hatte. Im Licht der Taschenlampe glänzte Reginald Langs Monogramm auf einer Metallplatte. Darunter waren Verse eingraviert:

Freund, lass um deinetwillen du,
Was hier verborgen ist, in Ruh.
Wer ohne Wissen weitersucht,
Schon sehr bald sich dafür verflucht.

Willst dieses Rätsel du verstehen,
Musst du unter die Sonne sehen:

Die Lösung auf den Kopf gebracht,
Gibst du nur auf Symbole acht.
Zuerst abstrakt, was du da liest,
Sich bald darauf der Code erschließt.

„Was soll das heißen?", wunderte sich Sarah.

„Keine Ahnung. Aber es klingt so, als müsste hier noch mehr liegen. Es warnt ja davor, dass man etwas, was verborgen ist, in Ruhe lassen soll."

„Klingt jedenfalls gruselig. Sollen wir trotzdem weitergraben?"

„Erst einmal ja", sagte Ryan. „Mal gucken, was Lang noch für uns vorbereitet hat."

Ryan legte die Metalltafel beiseite und sie arbeiteten sich

vorsichtig weiter vor. Sarah mit einem Schäufelchen aus ihrer Weste, Ryan mit bloßen Händen. Beim Graben spürte er die Stiche kleiner Steine unter den Fingernägeln – und dann plötzlich etwas Hartes, Kaltes.

„Da ist etwas!", rief er.

Sarah ließ die Schaufel sinken und gemeinsam legten sie einen kantigen Gegenstand frei.

„Eine Eisenstange", murmelte Sarah enttäuscht. „Meinst du, dass wir danach suchen?"

Ryan klopfte dagegen. Es klang solide.

„Kann ich mir nicht vorstellen. Darin kann jedenfalls nichts versteckt sein." Er wischte Erde vom Metall. „Aber schau mal hier!"

Sarah lächelte. „Reginald Langs Monogramm. Der Mann hat sich echt Mühe gegeben."

„Wir sind also immer noch auf der richtigen Fährte", bestätigte Ryan.

Vorsichtig legten sie die Metallstange weiter frei. Sie entpuppte sich als Teil einer komplexen Konstruktion, die bombenfest in der Erde saß und mehr und mehr wirkte wie …

„Ein Käfig!", rief Sarah aus. „Lang hat hier einen unterirdischen Käfig gebaut!"

„Das spricht dafür, dass der Inhalt interessant sein könnte", erwiderte Ryan. „Und wahrscheinlich wertvoll."

„Meinst du, es sind die Münzen?", fragte Sarah aufgeregt.

„Sagen wir es mal so. Mir fallen nicht viele Gründe ein, warum jemand etwas so absichern sollte."

Doch noch während Ryan das sagte, kamen ihm Zweifel. Irgendetwas an diesem Käfig gefiel ihm nicht. Er konnte nur nicht genau sagen, was.

Die Stangen der Käfigkonstruktion waren gerade weit genug auseinander, dass sie ihre Hände hindurchstecken konnten, um im Innenraum weiterzugraben. Nach kurzer Zeit stießen sie erneut auf Widerstand.

„Das ist diesmal keine Stange." Ryan schob Erde beiseite, darunter kam etwas Flaches, Eckiges zum Vorschein.

„Eine Stahlkassette!", rief Sarah.

„Sehr schön!", ertönte in diesem Moment eine Stimme hinter ihnen. „Hände hoch! Und ganz langsam umdrehen!"

Ryan und Sarah erstarrten.

Lies weiter auf Seite 147.

Der Bootssteg, zu dem sie gingen, befand sich nahe einer Land-
zunge, die in den See hinausragte. Das Holz war schon recht
alt. Gut möglich, dachte Ryan, dass der Steg noch dieselbe
Konstruktion war, die schon zu Reginald Langs Zeiten hier gestanden hatte. Das blaue Ruderboot, das an ihn gebunden war,
wirkte hingegen deutlich neuer.

Dieser Anblick gab Ryan einen kurzen Hoffnungsschub. Das
hieß zumindest, dass die Gegend nicht komplett verlassen war!
Falls Smith sie wirklich freiließ, konnten sie darauf hoffen,
dass irgendwann zumindest der Besitzer oder die Besitzerin
dieses Bootes hier vorbeikommen würde. Vorzugsweise bevor
Ryan und Sarah Opfer von Hunger, Durst oder wilden Tieren
würden.

Er schob die Gedanken beiseite. Darüber konnte er nach-
denken, wenn es so weit war. Und *ob* es überhaupt so weit
kommen würde, war im Moment noch ganz und gar nicht aus-
gemacht.

Smith entfaltete die Karte wieder, dann nahm er Langs Notizbuch zur Hand und blätterte darin.

Nach einem kurzen Moment sah er zufrieden zu Ryan. „Sehen Sie, ich bin ein guter Schüler." Er hielt Ryan die Karte hin
und deutete auf ein paar Symbole an deren Rand. „Ich bin ganz
von selbst darauf gekommen, dass diese Zeichen ein Hinweis
auf die Notizen sind."

„Was möchten Sie nun von mir?", fragte Ryan genervt. „Eine
Eins mit Sternchen?"

„Nein, ich möchte das, was Sie versprochen haben: Ihre Unterstützung. Denn in den Notizen findet sich ein weiteres Rätsel unseres Freundes Reginald Lang – und das ist dann wieder

Ihre Baustelle." Er ließ die Karte sinken und hielt das Notizbuch vor Ryans Gesicht.

Ryan hatte eine Idee. „Moment, so geht das nicht!", protestierte er betont laut. „Sie können nicht erwarten, dass ich so arbeite! Ich brauche meine Hände."

Smith sah ihn mit offensichtlichem Missfallen an. „Das entspricht nicht unserer Abmachung, Mr Creed."

„Die Abmachung ist, dass ich Ihnen helfe. Das würde ich ja gern." Ryan versuchte, so überzeugend zu klingen, wie er nur konnte. „Dafür muss ich aber die Hände frei haben, um das Rätsel untersuchen zu können!"

Er bemerkte Smith' skeptischen Blick und fuhr fort: „Sie sind hier zu dritt! Wir sind nur zwei, und Sarah ist gefesselt. Sie und Ihre Leute können mich problemlos im Blick behalten. Ich wette, Ihre Leute haben das nötige Training, um mich k. o. zu schlagen, falls das nötig sein sollte."

Smith überlegte, dann machte er eine wegwerfende Handbewegung. „Gut, wenn's sein muss! Hector, schneiden Sie die Fesseln durch! Und haben Sie ein Auge auf ihn!"

Ryan atmete auf. Wenigstens die Hände hatte er schon mal wieder frei. Immerhin ein Anfang.

Er bedankte sich knapp, als Hector den Kabelbinder mit einem Taschenmesser durchtrennte. Der Leibwächter grunzte nur und drückte die Spitze des Messers drohend einen Moment gegen Ryans Rücken, bevor er es wieder zusammenklappte.

Ryan bat Smith um Landkarte und Notizbuch und konzentrierte sich auf Reginald Langs nächstes Rätsel.

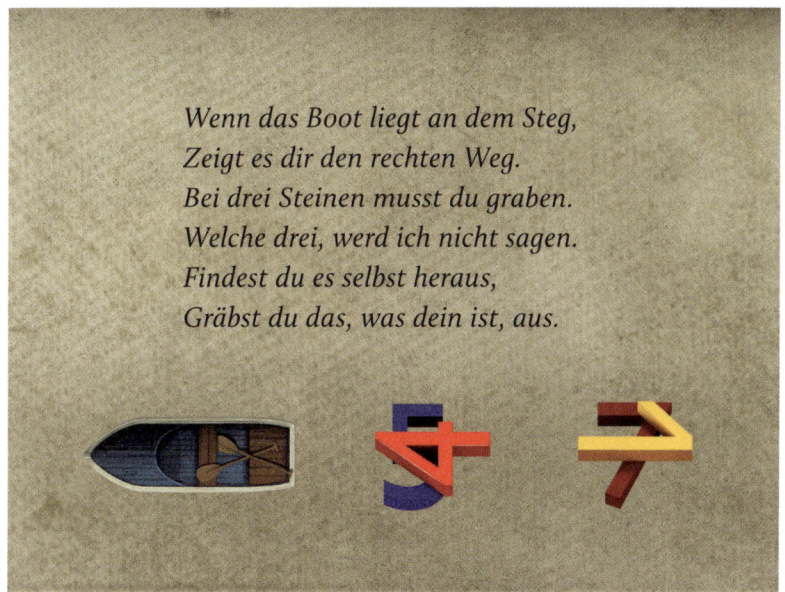

> Wenn das Boot liegt an dem Steg,
> Zeigt es dir den rechten Weg.
> Bei drei Steinen musst du graben.
> Welche drei, werd ich nicht sagen.
> Findest du es selbst heraus,
> Gräbst du das, was dein ist, aus.

Kannst du etwas mit Reginald Langs Gedicht anfangen?
Das kleine Boot darunter hast du doch sicher
schon einmal gesehen. Und was bedeuten die
übereinanderliegenden Zahlen?
Schau dir die Landkarte auf den nächsten beiden Seiten
an, drücke dein Buch ganz flach, damit die Karte gerade
vor dir liegt und befolge dann die Anweisungen aus dem
Gedicht. So findest du sicher schnell den Code heraus.

Ryan schloss einen Moment die Augen und versuchte, seine Gedanken zu ordnen. „Was machen wir jetzt?", fragte er dann. „Geben wir Smith den Schatz?"

„Erst einmal müssen wir ihn finden", antwortete Sarah. „Und ja, dann werde ich ihnen die Münzen geben. Damit sie mich in Ruhe lassen." Sie sah Ryan in die Augen. „Wirst du mich daran hindern?"

Ryan sah sie ernst an. „Ganz ehrlich: Ich hab keine Ahnung, was ich tun soll. Ich finde deinen Plan saudoof, aber ich verstehe auch, wieso du ihn gefasst hast. Das Einzige, was ich mit Sicherheit weiß, ist, dass wir ziemlich nah an der Lösung der ganzen Angelegenheit sind. Also sollten wir jetzt versuchen, diese Lösung zu finden."

Sarah nahm Ryans Hand und drückte sie. „Danke dafür."

Er hob spöttisch die Augenbrauen. „Ist ja nicht so, als ob ich eine Wahl hätte. Du kannst Karate und Judo – und ich nur Sudoku."

Sarah musste lachen, und zumindest für den Moment schien die Situation nicht mehr ganz so bedrückend zu sein.

Sie folgten dem Weg, der auf dem Plan beschrieben war, bis sich der Gang erweiterte und zu einer Art natürlicher Höhle wurde; groß genug, um vielleicht einem Dutzend Leuten Platz zu bieten. Leere Öllampen an den Wänden und Reste alter Holzbänke ließen vermuten, dass dies früher einmal eine Art unterirdischer Aufenthaltsraum für die Arbeiter gewesen sein mochte. Auf der anderen Seite führte ein weiterer Gang ins Dunkel.

„Hier müsste es sein", erklärte Sarah. „Siehst du irgendetwas?"

Sie suchten den Raum ab, was gar nicht so einfach war, weil sie nicht wussten, wonach sie suchten: War es noch ein Brief? Eine Schatztruhe? Oder etwas ganz anderes?

Diesmal war es Sarah, die fündig wurde: An der Unterseite einer der Bänke war ein merkwürdiges Muster eingeritzt.

„Diese Form ... das ist ein Plan dieser Höhle!", erkannte Sarah.

„Und diese Zahlen verraten uns wahrscheinlich, wo genau wir hier etwas finden", fügte Ryan hinzu.

„Vielleicht sogar den Schatz selbst", vermutete Sarah.

Ryan sah sich um. „Ein gutes Versteck dafür wäre es jedenfalls."

Ryan und Sarah suchen eine Stelle in der Höhle, du aber suchst den Code für die Seite, auf der die Geschichte weitergeht. Schau dir die Abbildung auf der nächsten Seite genau an! Wirst du aus dem Zahlenwirrwarr schlau? Halte dich an die Beispiele, dann wirst du den Code entschlüsseln. Er ergibt sich von oben nach unten.

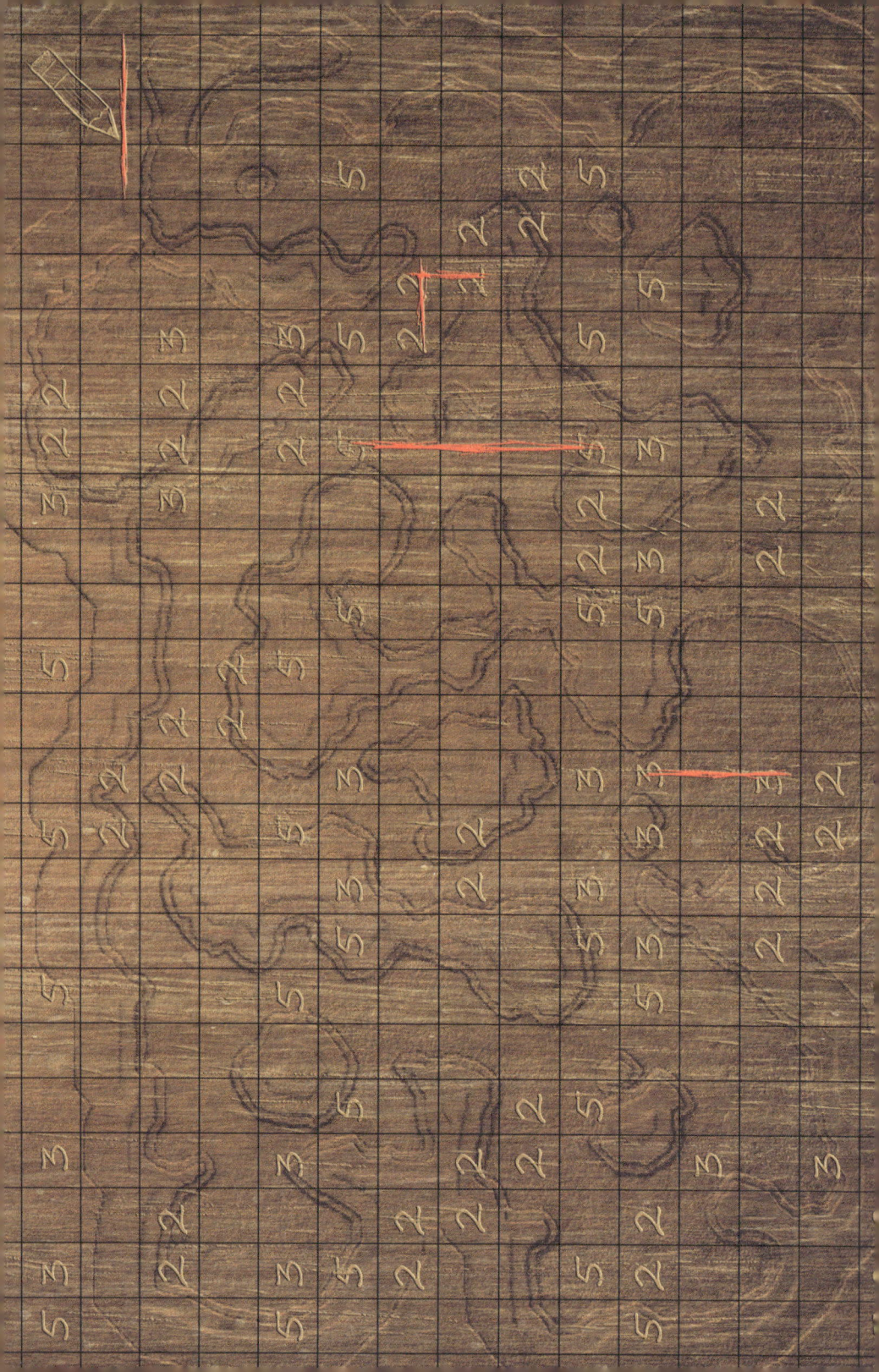

„Da ist es!" Ryan deutete auf eine Stelle auf der Halbinsel, die von ein paar Steinen umgeben war. „Das ist der Ort, auf den das Rätsel verweist."

„Gute Arbeit, Creed." Smith rieb sich die Hände. „Hector, an die Arbeit!"

Der bullige Leibwächter trat vor. Er ging zu der Stelle, die Ryan auf der Karte gefunden hatte, und stieß die Schaufel in die Erde.

Smith packte währenddessen Ryan am Arm. Er zog ein Klappmesser und drückte es gegen Ryans Seite.

„Nur als Absicherung, Mr Creed. Damit Sie nicht auf dumme Gedanken kommen."

„Das war nicht abgemacht", zischte Ryan.

„Genauso wenig wie Ihre freien Hände", entgegnete Smith. Ryan sah zu Sarah, der es nicht besser erging. Auch Guido hatte ein Messer gezückt und hielt sie damit in Schach.

Die Gruppe verfolgte stumm, wie Hector immer tiefer grub. Die Sonne sank langsam näher zu den Gipfeln. Ryan fragte sich, wann es wohl dunkel werden würde.

Die Klinge machte ihn unruhig, und er beschloss, dass es gut sein konnte, Smith in ein Gespräch zu verwickeln. Alte Taktik zum Umgang mit Geiselnehmern: Bring sie dazu, dich als Menschen zu sehen, dann fällt es ihnen schwerer, dich zu verletzen oder zu töten.

„Was haben Sie eigentlich mit dem Geld vor, wenn Sie es finden, Smith?", fragte Ryan.

„Ich sagte doch bereits: Je weniger Sie über mich wissen, umso gesünder für Sie."

„Ich verlange ja nicht, dass Sie mir wie ein Kinoschurke Ihren ganzen bösen Masterplan aufdröseln. Mich interessiert nur das

Prinzip. Wenn wir die Münzen finden, dann haben Sie mehr Geld, als Sie jemals ausgeben können – selbst wenn Sie sie weit unter Wert auf dem Schwarzmarkt verkaufen. Was machen Sie damit? Sich zur Ruhe setzen und ein ehrbarer Mann werden? So einen Fang machen Sie doch sicher nicht noch einmal."

Smith schüttelte den Kopf. „Glauben Sie wirklich, ich mache das alles hier des Geldes wegen? Wenn dem so wäre, dann hätte ich schon längst aufhören können." Er lächelte. „Was mich reizt, ist die Macht. Geld ist nur das Mittel zum Zweck dafür. Es ist gemacht, um ausgegeben zu werden. Zum Investieren. Nicht zum Horten." Smith zog eine Augenbraue hoch. „Haben Sie nie den Wunsch gehegt, Macht über andere zu haben, Mr Creed?"

„Um Gottes willen, nein!", entfuhr es Ryan. „Alles, bloß das nicht."

„Interessant", murmelte Smith. „Ein Therapeut hätte sicher seine Freude an einer so ausgeprägten Verweigerungshaltung."

„Das dürfte für Ihr Machtstreben wohl genauso gelten", konterte Ryan.

Die Antwort war ein wenig riskant – so eine Art Test, dachte Ryan. Smith' Reaktion darauf konnte ihm vielleicht einen Hinweis geben, ob er es geschafft hatte, einen Draht zu dem Typen aufzubauen.

Halb rechnete er mit einem Tritt in die Kniekehlen oder einem Schlag in die Seite – doch stattdessen lachte Smith nur anerkennend. „Touché, Mr Creed. Gut pariert."

Ryan schöpfte ein wenig Hoffnung. Vielleicht hatte er es geschafft, Smith etwas näherzukommen.

Im nächsten Moment hörten sie endlich, wie die Schaufel auf etwas Hartes traf.

„Was ist das, Hector?", rief Smith.

„Ein Tresor, Sir", kam die Antwort.

Ryan merkte, wie sein Herz trotz allem schneller schlug. Waren sie am Ziel? War das der Schatz, hinter dem sie die ganze Zeit her gewesen waren?

Sie traten ein paar Schritte näher an das Loch, aus dem Hector gerade herauskletterte. Tatsächlich ragte die Oberseite eines massiven Stahltresors daraus hervor. Ryan erkannte Markierungen darauf, doch sie waren zu verdreckt, um sie genau auszumachen.

Smith wandte sich an Ryan. „So, wie ich unseren Freund Reginald Lang einschätze, dürfte dieser Tresor noch ein weiteres Rätsel bergen. Hector ist ein fähiger Mann, aber Fingerspitzengefühl gehört nicht zu seinen Talenten. Übernehmen Sie bitte, um zu vermeiden, dass wichtige Hinweise zerstört werden."

Ryan sah Smith prüfend an. „Sie wollen, dass ich weitergrabe? Was ist, wenn ich mich weigere?"

„Dann werde ich alle Aspekte unserer Abmachung als nichtig betrachten, Mr Creed. Denken Sie daran: Ich brauche Sie nicht mehr. Ich habe jetzt schon, was ich will. Hectors kleines Sägespielzeug käme bei so einem Safe wohl leider an seine Grenzen, aber falls es nötig sein sollte, könnte ich den Tresor einfach aufschweißen lassen. Das brächte allerdings unnötige Arbeit und Zeitverlust mit sich. Wenn Sie jetzt mit mir zusammenarbeiten, kommen Sie vielleicht mit dem Leben davon."

„Vielleicht?!", unterbrach ihn Ryan empört. „Wir hatten eine Abmachung!"

Smith lächelte. „Ich habe als Geschäftsmann zwei wichtige Dinge gelernt. Erstens: Manchmal muss man Verträge brechen.

Und zweitens: Man sollte immer einen Plan B in der Tasche haben."

Mit diesen Worten zog Smith einen kleinen Revolver hervor, den er in seinem Anzug verborgen hatte.

„Sie Arschloch!", entfuhr es Sarah.

„Sie haben doch nicht wirklich geglaubt, dass ich nur eine Waffe dabeihabe, oder? Also los, Creed, graben Sie. Es sei denn, Sie und Ihre Freundin möchten lieber sofort sterben!"

Hector stieß Ryan in das Loch mit dem Tresor.

Während Ryan den Tresor freilegte, rasten die Gedanken in seinem Kopf.

„Das hat ja ganz toll geklappt, das mit der Annäherung an den Entführer", dachte er sarkastisch. „Typisch Ryan Creed – immer ein Hang zur Selbstüberschätzung!"

Er rief sich innerlich zur Ordnung. Selbstvorwürfe brachten jetzt nichts. Wichtig war es, die Lage zu analysieren.

Wenn alle Abmachungen hinfällig waren, hatte es keinen Sinn, darauf zu hoffen, dass Smith sie freilassen würde. Sie waren jetzt überflüssig – und dieser See eine ideale Stelle, um sich ihrer zu entledigen. Spätestens wenn sich dieser Tresor öffnete, waren sie so gut wie tot.

Doch wenn er sich weigerte, das Rätsel zu lösen, oder wenn er versagte, würde Smith irgendwann ebenfalls die Geduld verlieren. Wie sollten sie aus dieser Nummer wieder herauskommen?

Er sah zu Sarah. Hatte sie vielleicht einen Plan, wie sie mit dem übermächtigen Gegner fertigwerden könnten? Es sah nicht so aus. Smith hielt sie mit vorgehaltener Waffe auf Ab-

stand. Wenn sie irgendetwas versuchte, hätte er genügend Zeit, den Abzug zu ziehen.

Vielleicht war das eine Art höhere Gerechtigkeit, dachte Ryan. Seine Gedankenlosigkeit hatte unbeabsichtigt Marcus' Exfreundin den Tod gebracht, jetzt würde sie ihn selbst umbringen.

Damals, direkt nach seinem Ausscheiden aus dem Polizeidienst, hätte er das vielleicht sogar fast begrüßt. Nicht, dass er jemals an Selbstmord gedacht hätte, aber immerhin war durch seine Schuld ein Mensch gestorben. Das konnte er nicht so einfach wegstecken.

Es hatte eine Weile gedauert, bis er sein Leben danach wieder sortiert hatte. Zuerst war er zurück nach Hause gezogen, als könne er damit alles ungeschehen machen, was seit seiner Schulzeit passiert war.

Seine Eltern hatten keine großen Fragen gestellt und ihn wieder bei sich aufgenommen. Am Ende war es absurderweise ausgerechnet ihr Tod, der Ryan einen Neubeginn ermöglichte.

Sie starben bei einem Autounfall. Irgendein Depp in einem viel zu großen und schweren Auto raste frontal in ihren Wagen. Der Amtsarzt sagte, sie seien sofort tot gewesen.

Das war ein Schock, der Ryan aus der Starre riss, in die sein Leben seit seiner Kündigung verfallen war. Da war nichts und niemand mehr, an dem er sich festhalten konnte. Wenn er wollte, dass sein Leben einen Sinn hatte, dann lag es allein an Ryan, ihm diesen Sinn zu geben.

So war die Stiftung ins Leben gerufen worden. Als Versuch, vergangenes Unrecht wiedergutzumachen. Ein Ort, an dem Menschen ernst genommen wurden, wenn sie Gewalt oder unfaire Methoden der Polizei anprangerten.

Die Stiftung war sein Vermächtnis. Und dank des großzügigen Schecks, den er von Power bekommen hatte, würde sie auch ohne Ryan weiterexistieren können.

In gewisser Weise ging ihm der Gedanke an Sarahs möglichen Tod näher als der an seinen eigenen. Denn wenn Sarah sterben müsste, fände Ryan das absolut nicht gerecht. Sarah hatte nichts getan, außer ihre Tochter zu beschützen. Und nun sollte sie sterben, weil das die bequemste Lösung für diesen Smith wäre. Das war eine verdammte Sauerei, nichts weiter. Und es war etwas, was Ryan verhindern wollte.

Das wäre auch eine Art höhere Gerechtigkeit, schoss es ihm durch den Kopf. Ein Leben retten, um den Verlust eines anderen zu sühnen.

Er lachte bitter auf. In der Theorie war das ja alles wunderbar. Es hatte nur einen Haken: Er hatte nicht die geringste Ahnung, wie er Sarah oder sich selbst aus dieser Situation befreien sollte.

Ryan arbeitete nicht sonderlich schnell, aber schließlich lag der Tresor frei. Er wischte mit der Hand darüber, um ihn vom Dreck zu befreien, und legte schwarze Markierungen an seiner Tür frei.

Unter dem Kombinationsschloss war der Name von Reginalds Sohn Nathan in großen verzierten Buchstaben aufgemalt worden. Über dem Schloss befand sich ein Muster aus schwarzen Punkten und Strichen. Morsecode, vermutete Ryan. Und damit für Ryan als Code-Experten fast so etwas wie ein Heimspiel. Wenn dieses Rätsel gelöst war, würde sich der Tresor öffnen!

Kannst du die Kombination für den Tresor knacken?
Morsecode ist doch eigentlich ganz einfach, oder?

A —•• •—• • ••

B —••— •—• • ••

C •••—• • —

In Memoriam
Kurt Zachan

Zwei Stunden später zog Ryan den Gurt seines Flugzeugsitzes fest. Er hatte den Fensterplatz. Neben ihm machte es sich Sarah Corbet bequem, soweit das in diesen Sitzen möglich war. Denn auch wenn auf dem Ticket *Erste Klasse* stand und die Sitze nicht ganz so schmal und eng beieinander waren wie im Economybereich: Es blieb ein Kurzstreckenflug innerhalb des Landes – wirklichen Luxus konnte man da nicht erwarten.

„Soll ich Ihnen etwas verraten?", fragte Sarah Corbet, während die Tür des Flugzeugs geschlossen wurde. „Ich hatte nicht gedacht, dass Sie tatsächlich mitkommen. Sie wirken eher … vorsichtig."

„Sagen wir es mal so: Sie und Ihr Chef haben inzwischen jede Menge Spuren hinterlassen – da werden Sie kaum vorhaben, mir irgendetwas Böses anzutun. Briefkastenfirmen und Decknamen sind kein Schutz, wenn die Polizei erst einmal intensiv ermittelt."

Sie lächelte. „Das mag ein Grund sein, sich nicht zu sehr zu sorgen, Mr Creed, aber es ist noch nicht Grund genug, mitzukommen. Warum sind Sie nicht einfach in Ihren Wagen gestiegen und nach Hause gefahren?"

Ryan überlegte. Sollte er ihr die Wahrheit sagen? Ein Teil von ihm wehrte sich dagegen. Sarah Corbet hielt ganz offensichtlich Informationen zurück, da wäre es nur konsequent, das Gleiche zu tun.

Andererseits erinnerte er sich an ein Kneipengespräch, das er einmal mit einem Vernehmungsspezialisten geführt hatte. „Die härtesten Brocken", hatte dieser gesagt, „sind die Typen, die fast die komplette Wahrheit sagen. Wer schweigt, macht sich verdächtig, wer einen Haufen Lügen erzählt, verheddert sich irgendwann darin. Aber wenn jemand fast komplett bei

der Wahrheit bleibt und nur an ein paar strategisch wichtigen Punkten davon abweicht – dann ist es eine Schweinearbeit, diese paar Lügen aus der Masse an Wahrheit herauszupicken."

Seine Motivation, mitzukommen, war kein großes Geheimnis, entschied er schließlich, und er sah keinen Grund, Lügengeschichten zu erfinden.

„Ich habe eine Schwäche", erwiderte er darum ehrlich. „Ich bin neugierig. Und Ihr Chef hat sich alle Mühe gegeben, diese Schwäche auszunutzen. Was soll ich sagen? Es hat funktioniert. Wenn jemand so sehr darum bettelt, mich kennenzulernen, dann kann ich irgendwann nicht mehr Nein sagen."

Ihr Blick wurde ernst. „Das ist auf Dauer eine sehr gefährliche Philosophie. Manchmal ist es wichtig, das eigene Interesse über das anderer zu stellen."

Ryan runzelte die Stirn. „Ist das so eine Art Drohung? Oder wollen Sie mir damit sagen, dass ich eine falsche Wahl getroffen habe, als ich ins Flugzeug gestiegen bin?"

Sie schüttelte den Kopf. „Nein. Es war mehr eine allgemeine Warnung. Die Entscheidung, in dieses Flugzeug zu steigen, werden Sie nicht bereuen." Sie lehnte sich zurück, steckte sich Kopfhörer in die Ohren und schloss die Augen.

Einen Moment später schwoll das Dröhnen der Triebwerke an, als die Maschine zum Start beschleunigte.

„Ich hoffe, sie hat recht", dachte Ryan, während sich der Flieger in die Luft erhob und der Flughafen unter ihnen immer kleiner wurde.

Es war bereits später Nachmittag, als sie in Seattle landeten. Da sie beide kein Gepäck aufgegeben hatten, gingen sie schon

wenige Minuten später über den Flughafenparkplatz zu Sarah Corbets Wagen.

Ryan atmete genießerisch die kühle Seeluft ein – dieses Klima war etwas, was er im Mittleren Westen wirklich vermisste. Dann sah er verwundert, auf welches Fahrzeug sie zusteuerten.

„Das ist mal ein Kontrast zu dem Wagen von heute Morgen", kommentierte er, als Sarah den massigen SUV öffnete, der gut und gern dreimal so groß war wie Ryans eigenes Auto.

„Die Limousine war gemietet, und sie hatte nur einen Zweck: Sie zu beeindrucken und Ihnen zu zeigen, dass Will Geld hat. Den hat sie erfüllt." Sie deutete auf die Berge am Horizont. „Sehen Sie sich die Landschaft hier an – glauben Sie, dass so eine Luxuskarosse mich da weit bringen würde?"

Ryan hob die Augenbrauen. „Sie hatten die gemietet, um mich zu beeindrucken? Denken Sie, dass Geld so eine Wirkung auf mich hat?"

Sarah Corbet stieg ein und öffnete ihm die Beifahrertür. „Die hat es auf jeden, Mr Creed. Jeder lässt sich von Geld beeindrucken."

Auf dem Weg in die Stadt sah Ryan auf die Uhr. „Können wir noch bei einem Laden anhalten, bevor Sie mich zum Hotel bringen? Ich hab überhaupt keine Sachen dabei."

„Wir fahren nicht zum Hotel. Will möchte Sie sofort sprechen."

„Heute noch?! Es ist fast 18 Uhr!"

„Will ist normalerweise bis 22 Uhr im Büro. Und er hat sehr deutlich gemacht, dass er Sie sofort sprechen möchte."

„Ach. Und ich habe dabei kein Mitspracherecht?"

„In diesem Fall nicht, Mr Creed. Will ist niemand, den man warten lässt."

Sarah Corbet kannte sich offensichtlich gut in Seattle aus: Sie nutzte Schleichwege und Nebenstraßen, um dem schlimmsten Verkehr auszuweichen, und so erreichten sie ihr Ziel deutlich früher, als Ryan erwartet hatte.

Es war ein Bürohochhaus im South Lake Union District – einem der teuersten Geschäftsviertel der Stadt. Weltkonzerne hatten hier ihre Zentralen, doch auf dem Gebäude, in dessen Tiefgarage Sarah nun fuhr, prangte nirgendwo ein Firmenlogo. Es war, soweit Ryan das sehen konnte, ein anonymer Kasten aus Glas und Stahl.

Das Parkdeck war fast leer – und sehr sauber. Bunte Streifen an den Wänden markierten Parkzonen und wiesen den Weg zu den Ausgängen. Nirgendwo waren die typischen Rußspuren von Auspuffgasen zu sehen. Ryan fragte sich, ob das ein Zeichen dafür war, dass das Gebäude neu oder frisch renoviert war, oder ob die meisten Mitarbeiterinnen und Mitarbeiter hier Elektroautos fuhren. Vielleicht eine Mischung aus beidem.

Sie stiegen aus und Sarah Corbet steuerte auf eine dicke Feuerschutztür zu. Ryan folgte ihr nicht. Nach ein paar Schritten drehte sie sich um. „Worauf warten Sie?"

„Auf Erklärungen", sagte Ryan. „Ich gehe keinen Meter weiter, bevor mir nicht jemand erklärt, was hier gespielt wird."

„Und dafür haben Sie sich ausgerechnet diesen Ort ausgesucht? Mitten in einer Tiefgarage?"

„Je unangenehmer die Umgebung, desto größer das allgemeine Interesse, schnell von dort fortzukommen. Das heißt: Hier bekomme ich bestimmt eher Antworten als in irgendeinem Penthouse oder Eckbüro."

Sarah seufzte. „Also gut, Mr Creed. Was soll ich Ihnen erklären?"

Ryan schüttelte den Kopf. „Nicht Sie. Ich möchte mit diesem ominösen Will Power sprechen. Sie sagten, dass er im Büro sei. Dann kann er doch auch gern hier herunterkommen."

Sie hob die Augenbrauen. „Mr Power ist ein sehr beschäftigter Mann. Sie können kaum von ihm erwarten, dass er alles stehen und liegen lässt, um in eine Tiefgarage zu kommen."

„Ihr Mr Power hat jede Menge Geld investiert, damit *ich* alles stehen und liegen lasse und hierherfliege. Wenn ihm das so wichtig ist, dann wird er wohl in der Lage sein, ein paar Etagen mit dem Fahrstuhl zu fahren. Ansonsten können Sie ihm gern Grüße ausrichten, während ich mir ein Taxi zum Flughafen rufe."

Sie runzelte die Stirn, entfernte sich aber schließlich weit genug, dass Ryan nicht mithören konnte, und zog ihr Handy hervor. Ryan beobachtete das Telefonat. Sarah Corbets Gesicht und ihre Haltung wirkten angespannt.

Nach ein paar Sätzen legte sie auf und kam zurück.

„Er ist auf dem Weg", erklärte sie knapp. „Ich hoffe nur, dass Sie sich damit kein Eigentor geschossen haben."

„Das Risiko gehe ich ein", erwiderte Ryan kühl.

Lies weiter auf Seite 077.

„Ryan! Träumst du schon wieder?!" Sarahs Stimme in den Kopfhörern des Hubschraubers brachte ihn zurück in die Gegenwart.

Sie näherten sich der Bergkette, und Sarah blickte konzentriert nach draußen, um nicht zu nah an den Wipfeln zu fliegen.

„Sorry, war in Gedanken", entschuldigte sich Ryan. „Was ist los?"

„Laut Satellitenbild müsste die Kern-&-Miller-Mine auf einer Lichtung sein", erklärte sie Ryan. „Da stehen auch noch ein paar alte Gebäude. Gib mir Bescheid, wenn du etwas siehst!"

Ryan kniff die Augen zusammen und hielt Ausschau. Unter ihnen zog der Nadelwald vorbei, Vögel flatterten davon, aufgeschreckt vom Knattern des Helikopters.

Da! In der Ferne erspähte er einen hellen Fleck mitten im Dunkelgrün des Waldes. Er wies Sarah darauf hin.

„Könnte hinkommen!", sagte die und nahm Kurs auf die Stelle, die Ryan gesehen hatte.

Er hatte richtig gelegen. Der helle Fleck entpuppte sich als eine ziemlich große Lichtung. Von oben erkannte Ryan zwei marode aussehende Baracken, deren Holz die aschgraue Farbe der Verwitterung aufwies – daneben die kümmerlichen Überreste weiterer Gebäude, die schon vor langer Zeit eingestürzt sein mussten.

Sarah manövrierte den Hubschrauber an einen Punkt, an dem er gebührenden Abstand von allen Hindernissen hatte, und landete ihn sanft.

„Warte mit dem Aussteigen, bis der Rotor still steht", sagte sie. „Ist sicherer."

Der Motorenlärm ebbte ab und ungewohnte Stille umgab sie: Es gab keine Autos und Busse, keine Klimaanlagen und piepende Ampeln – nur das Rauschen des Windes in den Ästen und das Zwitschern der Vögel, das zögerlich wieder einsetzte, nachdem der Hubschrauber verstummt war.

Ryan stieg aus und atmete die Waldluft ein. Er konnte sich nicht erinnern, wann er das letzte Mal so weit draußen in der Natur gewesen war. Hier oben war es merklich kühler als in der Stadt, doch es war keine unangenehme Kühle, sondern eher eine erfrischende. So, als tauche man in das Wasser eines klaren Bergsees ein.

Sarah zeigte auf eines der beiden noch halbwegs intakten Holzgebäude. „Schau mal dort drüben. Das sieht aus, als könnte es der firmeneigene Laden gewesen sein. Meinst du nicht auch?"

Ryan stimmte zu. Über der Tür hing ein verblichenes Schild, dessen Inschrift sich nicht mehr ausmachen ließ, und durch die leeren Fensteröffnungen konnte er sehen, dass drinnen einige Regale standen.

Als sie eintraten, war Ryan überrascht, wie gut erhalten alles war. Sicher, die Elemente hatten im Laufe der Zeit ihren Tribut gefordert: Das Holz der Möbel roch schimmlig und das Dach war an einer Stelle eingestürzt und hatte Teile der Einrichtung unter sich begraben. Doch es gab keine Spuren von Vandalismus. Wahrscheinlich war die Mine dafür einfach zu abgelegen. Dort, wo das Dach gehalten hatte, schien alles noch so zu stehen wie zu dem Zeitpunkt, als die Mine vor fast hundert Jahren aufgegeben worden war.

Der Company Store war offensichtlich nach dem Vorbild

damaliger Gemischtwarenladen eingerichtet gewesen: Ein großer Verkaufstresen trennte die Kunden von den Warenregalen. Eine altmodische Registrierkasse stand darauf; ihr verziertes Gehäuse war völlig von Rost überwuchert.

Auf dem Boden blinkte etwas Rundes, Metallisches. Ryan hob es auf, wischte den Staub ab und begutachtete es: Es war eine Münze, ähnlich der, die sie gefunden hatten. Company Scrip der Kern-&-Miller-Mine.

„Sieht aus, als ob wir richtig wären", stellte er fest.

Sarah nickte. „Und ich denke mal, wenn Reginald Lang uns eine Münze als Hinweis gegeben hat, dann zeigt das ziemlich deutlich, wo wir mal nachgucken sollten."

Die Oberfläche der Kasse war rau vor Rost, und sosehr sie auch rüttelten und zogen – es war unmöglich, sie zu öffnen.

„Müssen wir vielleicht einen Code über Tasten eingeben?", überlegte Sarah.

Ryan verneinte. „Unmöglich. Die sind so festgerostet, das würden wir nie schaffen. Außerdem haben wir gar keinen Code."

„Dann hilft wohl wieder nur Gewalt."

Ryan hasste es, mit ansehen zu müssen, wie Sarah die alte Kasse anhob und auf den Boden schmetterte. Es war eine Antiquität! Man sollte sie mit mehr Respekt behandeln.

Sarah blieb pragmatisch: „Solche alten Kassen gibt's in jedem Trödelladen. Und zwar in viel besserem Zustand. Wir interessieren uns für das, was drin ist – und das ist einmalig."

„Die Münzen werden es kaum sein", sagte er. „Das hätten wir gehört, als du die Kasse angehoben hast."

„Und wenn schon – dann ist es eben der nächste Hinweis!"

Sarahs Atem ging schwer, als sie die Kasse wieder in die Hände nahm und erneut mit Wucht zu Boden warf.

Und diesmal passierte etwas: Mit einem Knall sprang die Schublade heraus!

Ryan hockte sich hin und inspizierte die Kasse.

„Leer", meldete er enttäuscht. Doch dann kam ihm eine Idee. „Vielleicht ist es ja gar nicht *in* der Schublade ..."

Er schob die Hand ins Innere der Lade und tastete das Metall des Kassengehäuses ab. Da war etwas! Ein Umschlag klebte über der Schublade unterhalb des Kassenmechanismus!

Vorsichtig löste Ryan ihn ab und zog ihn heraus. Er sah noch ganz neu aus, so als wäre er gerade erst dort hineingetan worden. Offenbar hatte die Kasse ihn gut vor Licht und Feuchtigkeit geschützt.

Ryan öffnete den Umschlag behutsam und zog ein Stück Papier heraus. Es war so dünn, dass es fast durchscheinend war, und auf beiden Seiten mit einer labyrinthartigen Mischung aus Linien und Symbolen versehen.

„Sieht aus wie ein Plan", vermutete Sarah. „Wahrscheinlich für die Mine."

Ryan betrachtete das Papier genauer. „So ganz verstehe ich den Plan aber nicht. Vielleicht ergibt er mehr Sinn, wenn wir den Mineneingang gefunden haben.“

Sarah nickte, und sie verließen den Laden.

Der Mineneingang war nicht schwer zu finden. Er lag kurz hinter den Überresten der alten Arbeiterbehausungen.

Die Mine wirkte alles andere als einladend: ein düsterer Gang, der sich in kompletter Finsternis verlor. Kühle Luft strömte heraus, und man hörte das träge Geräusch tropfenden Wassers.

„Ob das hier noch sicher ist?“, fragte Ryan.

Sarah zögerte, dann sah sie Ryan an. „Vielleicht hast du recht. Ich glaube, ich gehe besser allein rein.“

„Wie bitte? Wie willst du das ohne mich machen?“

„Du wirst es nicht glauben, aber ich schlage mich auch sonst sehr gut ohne männliche Hilfe durchs Leben.“

„Das meine ich nicht! Was ist mit der Karte – wir haben keine Ahnung, wie sie zu lesen ist, und Power hat mich angeheuert, um solche Sachen herauszufinden. Wenn ich das nicht mache, gibt's kein Geld für die Stiftung!“

Sarah spielte nervös mit ihren Fingern. „Wir müssten es ihm ja nicht sagen.“

Ryan hob die Hand. „Stopp mal – was ist hier los? Du klingst, als wolltest du nicht, dass ich mitkomme!“

Sarah seufzte, dann drehte sie sich weg. „Gut, du hast gewonnen. Komm mit!“

„Warte – du kannst doch nicht einfach ...“

Sarah konnte einfach: Sie ging weiter, ohne auf Ryans Rufe

zu achten. Ihm blieb nichts übrig, als ihr in die Mine zu folgen.

Das Licht von Sarahs Taschenlampe fiel auf schwere Holzbalken, die den Stollen stützten. Anfangs war der Boden rau und voller Kiesel, aber nach ein paar Schritten wurde er glatter. Sie kamen an Holzstapeln und kleinen Kohlehaufen vorbei, die die letzten Benutzer der Mine zurückgelassen hatten.

Ryan versuchte noch einmal, wegen Sarahs Benehmen nachzuhaken, doch sie ignorierte das einfach und ging immer tiefer in die Mine. Ryan folgte ihr. Er wandte sich um und sah, wie der Eingang hinter ihnen immer kleiner wurde.

Nach knapp zwanzig Metern machte der Gang einen scharfen Knick und der letzte Rest von Tageslicht verschwand. Im Licht der Taschenlampe sahen sie eine Art Holzgerüst und dahinter glitzerte etwas Längliches, Metallisches auf dem Boden.

Sarah erkannte zuerst, was es war: „Schienen! Und ein Prellbock! Das muss eine Grubenbahn sein."

„Auf der Karte ist etwas eingezeichnet, das wie Grubenloren aussieht", bestätigte Ryan. Er warf einen Blick auf das Papier, um ihren Standort herauszufinden. Auf keiner der beiden Seiten war etwas, was wie ein Prellbock aussah.

Sie setzten ihren Weg vorsichtig fort, bis sie an eine Gabelung kamen. Drei Gänge führten von hier aus tiefer in den Berg hinein. Welcher war der richtige?

„Wenigstens wissen wir jetzt, wo wir sind", erklärte Ryan und deutete auf einen Punkt auf der Karte, an dem diese Gabelung deutlich zu sehen war. „Aber wie kriegen wir raus, wo wir hinmüssen?"

Er sah sich die Symbole noch einmal an. „Das könnten Kohlehaufen sein. Und da! Guck mal!" Er zeigte auf Geröll, das im

ganz rechten Gang am Wegesrand lag. „Das ist, glaube ich, genau hier eingezeichnet!"

Sarah verstand. „Das Zeug liegt hier nicht zufällig rum!"

Ryan nickte. „Irgendetwas fehlt uns trotzdem noch. Ist in dem Buch etwas, das uns helfen könnte?"

Sarah holte das Notizbuch hervor und blätterte darin. Dann lachte sie triumphierend. „Ja, das sieht aus, als ob es passt!"

Ryan betrachtete den Eintrag eine Weile und wendete die Karte hin und her. „Alles klar!", erklärte er dann. „Ich glaub, ich hab's."

Was hat Ryan entdeckt? Schneide doch mal den Plan von Seite 135/136 aus. Das Rätsel hat sicher etwas mit dem Weg durch die Stollen zu tun. Siehst du die Kohlehaufen, das Geröll und die Holzbretter? Auf jedem Weg scheint nur eins von Bedeutung zu sein. Und was hat es mit den Lorenwagen auf sich? Hat da nicht jede ihren eigenen Tunneleingang und -ausgang? Mach dich am besten auf den Weg, dann geht dir sicher *ein Licht auf!*

Als Ryan am nächsten Morgen das College betrat, kam ihm Travis Martin auf dem Flur entgegen. Travis war für die Stundenpläne zuständig und außerdem einer der nettesten Menschen, die Ryan kannte. Wann immer seine kleine, rundliche Gestalt irgendwo auftauchte, war es, als käme ein guter Kumpel auf ihn zu.

Darum war Ryan umso überraschter, als Travis eine Hand auf seinen Arm legte und ernst erklärte: „Kommst du kurz in mein Büro? Wir müssen reden."

Ryan hatte noch nie erlebt, dass Travis irgendetwas in seinem Büro besprechen wollte. Normalerweise löste er alles bei einer gemütlichen Tasse Kaffee im Dozentenzimmer.

Travis lief schneller, als seine Figur hätte vermuten lassen. Zu schnell, um mit ihm auf dem Weg ins Büro ein Gespräch anzufangen. Ryan überlegte, was passiert sein könnte. War jemand gestorben? Hatte sich jemand über ihn beschwert? Er war sich keiner Schuld bewusst, aber das musste nicht unbedingt etwas heißen.

Man sah Travis' Büro an, dass er es selten für Besprechungen nutzte. Auf jeder freien Fläche lagen Bücher, Aktenordner und Papiere, und Travis musste erst einen Stuhl für Ryan frei räumen, bevor der sich setzen konnte.

„Also los, raus mit der Sprache", erklärte Ryan. „Was ist passiert?"

„Ich hatte eigentlich gehofft, dass du mir das erklären kannst, Ryan. Wieso hast du mir nicht vorher Bescheid gesagt?"

„Wovon redest du? Was hätte ich dir sagen sollen?"

Travis seufzte. „Komm schon, du kannst dir doch vorstellen, dass ich ein bisschen Planungssicherheit brauche. Mich so

plötzlich vor vollendete Tatsachen zu stellen ist nicht die feine Art."

„Ganz ehrlich: Ich habe keine Ahnung, wovon du redest."

Travis sah Ryan überrascht an. „Du weißt davon nichts?!", rief er. „Aber das ergibt ja gar keinen Sinn!"

„Das Gleiche gilt gerade für dein Benehmen. Könntest du mir endlich erklären, was los ist?"

„Ich habe gestern Abend einen Anruf vom Dekanat bekommen: Du bist mit sofortiger Wirkung vom Unterricht freigestellt."

Ryans Kinnlade klappte nach unten. „Was?! Die wollen mich rauswerfen?!"

„Im Gegenteil. Freigestellt bei vollen Bezügen, für die nächsten zehn Tage. Quasi bezahlter Urlaub, nur dass du dafür keine Urlaubstage brauchst."

„Das Dekanat schenkt mir mal eben so zehn freie Tage? Warum?"

„Genau das hab ich auch gefragt. Erst wollten sie nicht mit der Antwort rausrücken. Irgendwann haben sie dann durchblicken lassen, dass ihnen auch jemand etwas geschenkt hat."

Ryan sah Travis ratlos an.

„Eine Spende, Ryan. Irgendwer hat denen einen Haufen Geld gespendet, mit der Auflage, dass du für ein paar Tage nicht unterrichtest."

„Wer sollte so etwas machen?!" Ryan lehnte sich nach vorn. Dabei brachte er versehentlich einen Papierstapel auf Travis' Schreibtisch zum Einsturz. Die Blätter rutschten ab und landeten in einem unordentlichen Haufen auf dem Boden.

„Oh, entschuldige bitte."

Ryan wollte die Unterlagen wieder aufsammeln, doch Travis

winkte ab, während er selbst damit begann. „Lass mal, ich mach das schon. Geh du lieber und genieße deine freien Tage."

Ryan stand auf. „Und wenn ich die gar nicht haben will?"

„Keine Chance. Der Stundenplan ist geändert. Melissa übernimmt die meisten deiner Kurse, den Rest macht Ben." Travis senkte die Stimme. „Das Dekanat hat mir sehr deutlich zu verstehen gegeben, dass sie dich in den nächsten zehn Tagen nicht unterrichten sehen wollen. Muss wirklich eine verdammt große Summe sein. Ich dachte, du hättest da vielleicht irgendwelche einflussreichen Bekanntschaften von früher, die dir noch einen Gefallen schuldeten."

Ryan schüttelte den Kopf. „Glaub mir, solche Leute kenne ich nicht – und möchte sie auch in Zukunft nicht kennenlernen."

Er ging zur Tür und hielt noch einmal inne. „Sag mal, Travis, kann es zufällig sein, dass dieses Geld aus der Gegend um Seattle kam?"

Travis hob ratlos die Schultern. „Keine Ahnung, das hat mir niemand gesagt."

„Es tut mir leid, aber Finanzauskünfte darf ich Ihnen nicht geben, Mr Creed." Mike vom Sekretariat war normalerweise immer bereit, den Dozentinnen und Dozenten das Leben zu erleichtern, aber diesmal biss Ryan auf Granit. „Da gibt es strikteste Vertraulichkeitsregeln. Wenn ich mich nicht daran halte, bin ich ganz schnell meinen Job los."

Man sah Mike an, dass es ihm wirklich leidtat. Er hatte die Stirn unter seiner blonden Lockenmähne in Falten gelegt und einen Gesichtsausdruck, der Ryan an den eines enttäuschten Welpen erinnerte.

„Sie sollen mir ja gar keine Summen sagen", versuchte Ryan es noch einmal. „Nicht einmal Absender oder Bank. Ich weiß ja, dass diese Überweisung hier eingegangen ist. Alles, was mich interessiert, ist, an welchem Ort das Institut sitzt, von dem sie ausging."

Mike dachte einen Moment nach. „Nein, das geht leider wirklich nicht", erklärte er dann langsam. „Ich darf dazu nichts sagen. Selbst wenn - und da spreche ich jetzt ganz hypothetisch - selbst wenn es ein ungewöhnlicher Ort gewesen wäre und er mir aufgefallen wäre - zum Beispiel, weil er vielleicht nicht in den USA läge, sondern irgendwo offshore - selbst dann dürfte ich Ihnen das nicht sagen. Es tut mir wirklich leid, dass ich Ihnen da nicht weiterhelfen kann."

Ryan unterdrückte ein Grinsen. Auf Mike war eben doch Verlass. „Danke, ich verstehe das. Entschuldigen Sie die Störung."

„Kein Problem! Und verzeihen Sie, dass ich Ihnen nichts sagen konnte."

„Schon verziehen, Mike. Schon verziehen."

Ein Offshorekonto also. Das passte. Diese komische *Tickets for Ryan Creed, Inc.* residierte ja auch auf den Bahamas.

Aber was sollte dieses Versteckspiel? Dem Menschen, der dahintersteckte, musste doch klar sein, dass so etwas nicht gerade vertrauenerweckend war. Wer würde sich denn schon darauf einlassen, auf Kosten eines völlig Unbekannten ins Ungewisse zu fliegen?

Er trat auf den Parkplatz, um zu seinem Wagen zu gehen. Im selben Moment fuhr eine dunkle Limousine heran, die etwas

abseits im Schatten gewartet hatte. Es war keine dieser Stretch-karossen, wie sie Teenager bei Abschlussbällen mieteten, aber doch ein ungewöhnlich großes und luxuriöses Auto für diese Gegend – und vor allem für einen Collegeparkplatz.

Es brauchte keine große Kombinationsgabe, um einen Zusammenhang zwischen diesem Fahrzeug und Ryans anonymem Gönner zu vermuten.

Tatsächlich hielt der Wagen direkt neben ihm an. Die Tür öffnete sich und die Fahrerin stieg aus. Eine hochgewachsene junge Frau mit schwarzen Haaren und dunklem Teint, in einer ebenso elegant wie bequem aussehenden Businesskombination. Die Sachen saßen so perfekt, dass Ryan einen Maßschneider vermutete – was durchaus zum bisherigen Gesamtbild passte.

„Mr Creed", sagte die Frau. Es war keine Frage, sondern eine Feststellung. Sie wusste, dass er es war.

Ryan musterte sie vorsichtig. „Und Sie sind …?"

„Sarah Corbet, guten Morgen!"

Sie ging auf ihn zu und streckte ihm die Hand entgegen, aber Ryan ergriff sie nicht.

„Warum haben Sie das alles organisiert? Den Brief, das Flugticket, die Spende …"

Sie ließ den ausgestreckten Arm wieder sinken. „Ihre Auffassungsgabe ist wirklich so schnell, wie Ihnen nachgesagt wird."

„Warum haben Sie das gemacht?", wiederholte Ryan.

Sarah Corbet schüttelte den Kopf. „Das war nicht ich, sondern mein Arbeitgeber."

Ryan lächelte. „Ah, der geheimnisvolle Hintermann."

„So geheimnisvoll ist er nicht. Er möchte Sie treffen. Deswegen der ganze Aufwand."

„In Seattle, nehme ich an?"

Sie nickte.

„Und warum hat er mich dann nicht einfach angerufen?"

Auch in Sarah Corbets Gesicht blitzte ein kurzes Lächeln auf. „Er macht die Dinge gern auf seine Art. Sie werden es besser verstehen, wenn Sie ihn kennenlernen."

„*Falls* ich ihn kennenlerne", korrigierte Ryan.

Sie zog einen Umschlag aus einer Innentasche ihres Oberteils. „Hier ist Ihr Ticket. Der Flug geht in zwei Stunden."

„Ich habe noch nicht zugesagt", machte Ryan klar. „Und ich habe es auch nicht vor."

Sie zuckte mit den Achseln. „Will hat mich gewarnt, dass Sie so etwas sagen würden."

„Will?", hakte Ryan nach.

„Mein Chef. Will Power."

Ryan lachte auf. *„Will Power?!"*, wiederholte er ungläubig. „Das ist nicht Ihr Ernst, oder? Das ist das mit Abstand albernste Pseudonym, das mir jemals untergekommen ist!"

Sie blieb ungerührt. „Er hat es vielleicht nicht besonders originell gewählt, aber es beschreibt seinen Charakter sehr treffend."

„Und was hat er Ihnen aufgetragen für den Fall, dass ich nicht mitkommen will? Entführen Sie mich dann?"

Sarah Corbet schüttelte den Kopf. „Nein. Wenn Sie es wünschen, werde ich wegfahren und niemand wird Sie mehr behelligen. Mir wurde nur gesagt, dass ich Ihnen ausrichten solle, dass Sie damit die Chance auf ein Rätsel verspielen würden,

das größer ist als alles, womit Sie bisher konfrontiert wurden. Und dass Sie niemals erfahren würden, worum genau es dabei ging." Sie sah auf die Uhr. „Sie haben fünf Minuten Zeit, sich zu entscheiden."

Lies weiter auf Seite 126.

„Worauf warten Sie?!", wiederholte die Stimme. „Hände hoch und umdrehen!"

Ryan und Sarah erhoben sich langsam und folgten der Aufforderung.

Vor ihnen standen zwei Männer. Beide hatten Waffen. Einen der Kerle schätzte Ryan als typischen „Mann fürs Grobe" ein – einen Goon, wie das im Unterweltslang hieß. Goons waren in der Regel Typen mit quadratischem Körperbau und mehr Muskeln als Hirn. Er trug einen schlecht sitzenden Anzug, und der Kontrast zwischen Kleidung und Physiognomie ließ ihn paradoxerweise noch bedrohlicher wirken.

Der Mann neben ihm war das komplette Gegenteil: Schlank und hochgewachsen und mit der eleganten Leichtigkeit eines Tänzers oder Dressmans, wirkte er so, als sei er direkt von einer Dinnerparty in die Kohlemine getreten.

„Mr Smith, nehme ich an?", sagte Ryan zu dem Schlanken.

„Korrekt", erwiderte der Angesprochene, ohne die Waffe zu senken. „Ich habe schon sehr viel von Ihnen gehört, Mr Creed, und ich freue mich, endlich Ihre Bekanntschaft zu machen."

Ryan blickte auf den Lauf und gab sich alle Mühe, seine Nervosität vor Smith zu verbergen. Er mochte Schusswaffen nicht. Er hatte sie noch nie gemocht. „Die Freude ist im Moment leider nicht auf meiner Seite", antwortete er bemüht ruhig. „Ich weiß nicht, ob es daran liegt, dass Sie mit einer Waffe vor mir herumfuchteln oder dass Sie das Kind von Sarah Corbet bedrohen. Beides, glaube ich."

„Ein guter Geschäftsmann sichert sich stets ab, Mr Creed. Das dürfte Sie doch nicht überraschen, oder?"

Er wandte sich an Sarah. „Deswegen möchte ich Sie jetzt

auch bitten, mir Langs Aufzeichnungen zu übergeben. Ab sofort übernehme ich das Kommando."

Sarah sah auf die Waffen, die auf sie gerichtet waren, und zog resigniert Reginald Langs Tagebuch hervor.

„Wieso sind Sie uns hierher gefolgt?", fragte sie, als sie dem Gangster das Buch überreichte. „Wir hatten sowieso vor, Ihnen die Münzen zu bringen!"

„Vertrauen ist gut, Kontrolle ist besser", erwiderte Smith kühl, während er zufrieden das Notizbuch durchblätterte. „Sie hatten offensichtlich kein Problem damit, Ihren Arbeitgeber zu hintergehen. Wie soll ich mir da sicher sein, dass Sie mit mir nicht dasselbe Spiel treiben würden?" Smith lächelte mit strahlend weißen Zähnen. „Ich würde vorschlagen, wir bringen diese Angelegenheit zum Abschluss. Sie haben alles gefunden, nehme ich an?"

„Wir haben das gefunden, was *hier* ist", korrigierte Ryan. „Allerdings haben wir es noch nicht begutachtet."

„Das ist kein Problem", erklärte Smith. „Ich liebe es, Ware selbst in Augenschein zu nehmen." Er wandte sich an den bulligen Leibwächter. „Hector, sehen Sie sich das doch bitte einmal an."

Ryan warf noch einmal einen Blick auf die Käfigkonstruktion, in der sich die Schatulle befand, und eine Ahnung stieg in ihm auf. Er trat zur Seite und versicherte sich aus dem Augenwinkel, dass die Metallplatte mit der Warnung so lag, dass der Text darauf nicht zu sehen war.

Hector kniete sich neben das Loch, und tatsächlich ignorierte er die Metalltafel. Stattdessen schabte er mit seinen Pranken über die Käfigstangen und die Schatulle. Er zog und rüttelte daran, doch nichts ließ sich bewegen.

Er stieß einen verärgerten Laut aus und holte eine kleine Kreissäge aus einer Innentasche.

„Der Kerl hat eine elektrische Säge dabei?!", entfuhr es Ryan. „Wer trägt denn so etwas mit sich herum!"

Smith lächelte dünn und deutete auf Ryans Holzfällerhemd. „Dasselbe könnte ich angesichts Ihres modisch eher zweifelhaften Outfits fragen. Die Antwort wäre in beiden Fällen dieselbe: Menschen, die vorbereitet sein wollen. Es kann ja immer mal passieren, dass man unerwartet etwas zerkleinern muss." Seine Augen musterten Ryan drohend.

Hector setzte die Säge an und einen Moment später gruben die Sägezähne sich kreischend und Funken sprühend in das Metall. Ryan hätte sich gern die Ohren zugehalten, doch er wagte es nicht, sich zu bewegen.

Das Gerät leistete gute Arbeit. Nach weniger als einer Minute war die erste Stange durchtrennt.

Ryan sah, wie Hector zum nächsten Schnitt ansetzte.

„Ich hoffe, Sie wissen, was Sie da tun", sagte er zu Smith.

„Oh, das weiß ich sehr gut. Ich hole mir das, was mir zusteht."

Der Lärm der Kreissäge unterbrach das Gespräch einen Moment.

„Wie meinen Sie das?", fragte Sarah, als es wieder still war. „Sind Sie ein Verwandter von Lang?"

„Sie wollen nicht zu viel über mich wissen. Zumindest nicht, falls Sie Interesse daran haben, hier lebend herauszukommen." Smith überlegte einen Moment. „Um Ihre Neugierde ein wenig zu befriedigen: Nein, ich habe nichts mit Reginald Lang zu tun. Aber mit Ihrem Mr Power habe ich noch eine Rechnung offen. Seine Aktivitäten haben meine Geschäfte durchkreuzt –

da halte ich es nur für legitim, wenn ich es ihm mit gleicher Münze heimzahle."

Erneut erfüllte der schrille Schrei der Kreissäge die Höhle.

Ryan konnte sich ungefähr vorstellen, um was für Geschäfte es da gegangen sein mochte.

Dieser Smith wirkte wie ein fleischgewordenes Mafiaklischee. Er wusste nicht genau, was zwischen ihm und Power vorgefallen sein mochte, aber ahnte, dass es wohl um Geldwäsche gegangen war. Er kannte solche Fälle aus seiner Zeit beim FBI. Smith hatte irgendeine Nische gehabt, in der er seine illegalen Einnahmen in scheinbar legale Gewinne verwandeln konnte – dubiose Immobilendeals? Zwielichtige Casinos? Doch dann hatte sich Power dazwischengesetzt und den Markt mithilfe seines Kapitals an sich gezogen. Oder zumindest so viel Aufmerksamkeit darauf gelenkt, dass sich Smith dort nicht mehr wohlgefühlt hatte. Und je nachdem, wie viel Pech Smith gehabt hatte, war es gut möglich, dass er dabei eine Menge Geld verloren hatte.

Ryan wusste von Menschen, die wegen so etwas Morde begangen hatten. Smith hingegen hatte sich in den Kopf gesetzt, die seltenen Double-Eagle-Münzen an sich zu bringen, die wahrscheinlich ein Vielfaches seines Verlustes wert waren.

Endlich schwieg die Kreissäge wieder. Ryan warf einen Blick auf den Käfig. Zwei der Stangen hatten jetzt große Lücken. Groß genug, um die Schatulle herauszuziehen. Gleichzeitig schien es Ryan, als hätte sich die Form des Käfigs ein wenig verändert. Er dachte zurück an die Warnung auf der Metallplatte, und aus der Ahnung, die er vorhin gehabt hatte, wurde Gewissheit.

„Sehr schön, Hector!", lobte Smith. „Bringen Sie den Gegenstand dann doch bitte zu mir."

„Pass auf!", raunte Ryan Sarah rasch zu, während Smith sprach. „Gleich passiert etwas."

Hector griff in den Käfig und umfasste die frei liegenden Seiten des Kastens mit seinen Händen. Er spannte die Muskeln an und zog so fest, dass ihm die Adern an den Schläfen hervortraten.

Ryan beobachtete ihn angespannt. Er wusste nicht, was genau passieren würde, wenn man die Kassette von ihrem Platz entfernte. Aber er war sich sicher, *dass* etwas passieren würde. Und er hoffte, dass es Sarah und ihm einen Vorteil verschaffen könnte.

Mit einem triumphierenden Schrei riss Hector die Schatulle aus dem Erdloch.

„Wie schwer ist sie?", wollte Smith wissen.

„Ganz leicht", erwiderte Hector. „Zu leicht für Goldmünzen, wenn Sie mich fragen."

„Verdammt! Hat diese Schnitzeljagd denn nie ein Ende?"

Smith hatte diesen Satz kaum ausgesprochen, da brach die Hölle los.

In den letzten Minuten war Ryan klar geworden: Das, was die Metallkassette umschlossen hatte, war nicht einfach nur ein Käfig gewesen. Reginald Lang hatte den Ort des Verstecks mit Bedacht gewählt. Die Stahlkonstruktion, die Ryan und Sarah freigelegt hatten, war von Lang so platziert worden, dass sie den Pfeiler abstützte, wenn dort ein Loch gegraben wurde, und dabei von innen wiederum selbst von der Metallschatulle verstärkt wurde.

Der Einbau dieser Konstruktion musste recht aufwendig und riskant gewesen sein, vermutete Ryan, aber irgendwie hatte Lang es hinbekommen.

Der Sinn dieses Aufbaus zeigte sich in dem Moment, in dem Hector die Schatulle aus dem Boden gerissen hatte. Der Metallkäfig war schon durch das Zersägen der Stäbe geschwächt worden. Als er nun auch noch der strukturellen Unterstützung durch den Kasten in seinem Inneren beraubt wurde, konnte er der Belastung durch den Pfeiler nicht mehr standhalten. Und dies war nur der erste Dominostein einer Kettenreaktion. Die Holzstütze bog sich knirschend, knackte und zerbrach. Hector konnte sich nur durch einen Sprung zur Seite in Sicherheit bringen, als eine Ladung Erdreich direkt dort auf den Boden sackte, wo er zuvor gegraben hatte. Dieser Einsturz wiederum erhöhte die Last, die auf dem nächsten Pfeilerpaar im Gang lag. Das Paar wankte erst, dann gab es nach und verschwand unter einer Lawine aus Geröll und Erde, die den Weg zurück versperrte.

Alle waren erschrocken zusammengefahren und brauchten einen Moment, um das dumpfe Dröhnen einzuordnen, das noch Sekunden nach dem Einsturz anhielt und langsam leiser wurde.

„Das war nicht nur hier", stellte Ryan fest. „Die halbe Mine ist eingestürzt."

Lies weiter auf Seite 014.

Einen Moment lang starrte Ryan ratlos auf die Lösung. Drei Zahlen: 6, 4 und 3 – weiter nichts. Kein Werbespruch, kein Hinweis auf eine Website mit weiteren Informationen. Nur drei Zahlen. Was konnte damit gemeint sein?

Dass es etwas gab, was gemeint war, stand für ihn außer Frage. Niemand würde sich so viel Mühe machen, nur um ihm drei sinnlose Zahlen zukommen zu lassen!

„Doch nicht ganz so einfach wie gedacht", murmelte er anerkennend.

Ryan unterzog den Briefbogen einer erneuten genauen Untersuchung. Er prüfte die Dicke, um festzustellen, ob das Blatt sich vielleicht in zwei hauchdünne Schichten trennen ließ, tastete nach Unregelmäßigkeiten an der Oberfläche, die auf Geheimtinte hinweisen könnten, und hielt ihn gegen das Licht. Ohne Erfolg. Es schien, als habe der Brief all seine Geheimnisse preisgegeben.

Ryan lächelte: der Brief vielleicht – aber nicht unbedingt sein Umschlag!

Er nahm den leeren Umschlag zur Hand und begutachtete ihn genauso wie zuvor den Briefbogen. Ihm fiel sofort die hohe Qualität des verwendeten Papiers auf: Es war dick und wertig, wie er es von sehr alten Büchern kannte. Als Ryan das Kuvert gegen das Licht seiner Stehlampe hielt, wusste er auch, warum das so war: Rechts oben, knapp unter der Briefmarke, schimmerten Buchstaben und Zahlen hindurch:

CREED PNR VCP47_ _ _

Ein Wasserzeichen mit seinem Namen! *Das* war wirklich ungewöhnlich viel Aufwand für ein Werberätsel.

So etwas konnte nur direkt bei der Papierherstellung hinzugefügt werden. Das hieß: Dieser Umschlag war speziell für ihn angefertigt worden! Wer machte sich so viel Mühe, um eine Botschaft zu schicken?

Ryan notierte sich die Zeichenfolge und sah sie sich genauer an. Als Erstes fielen ihm die drei Striche am Ende ins Auge. Drei Striche hinter zwei Zahlen – das war ja geradezu eine Einladung, dort die Zahlen aus dem Rätsel einzusetzen:

CREED PNR VCP47 643

„Creed" war sein Nachname – das war keine große Herausforderung. Aber der Rest? Das letzte „Wort" sah ein wenig aus wie die Autonummern, die Ryan aus britischen Fernsehserien kannte. Er konnte sich jedoch nicht vorstellen, dass von ihm erwartet wurde, einen Fahrzeughalter im Vereinigten Königreich ausfindig zu machen, um das Rätsel zu lösen.

Diese drei Buchstaben in der Mitte, *PNR* – wenn er herausbekäme, was sie bedeuteten, wäre er bestimmt schon einen großen Schritt weiter. Vielleicht war es eine Abkürzung? Er nahm eines seiner Lexika zur Hand – Band 20: „Pluto bis Quebec".

Die meisten Erklärungen für *PNR* verwarf er. Ryan glaubte nicht, dass es sich um einen Hinweis auf die kubanische *Policía Nacional Revolucionaria* handelte, und politische Parteien in Portugal oder Rumänien waren wohl ebenso wenig gemeint wie der interne Code für eine britische Bahnstation.

Das, was ihm am wahrscheinlichsten schien, war etwas anderes: *Passenger Name Record: Datensatz, der alle wichtigen Details*

zu einem gebuchten Flugticket enthält und dem in der Regel ein alphanumerischer Code zugeordnet ist.

Ein alphanumerischer Code – diese Beschreibung schien ihm recht gut auf *VCP47 643* zu passen. Und damit wusste er, was der nächste Schritt sein musste.

Ryan nahm sein Telefon zur Hand.

„Ryan! Was verschafft mir die Ehre?" Craig war hörbar erfreut.

Reisebüros hatten es in diesen Zeiten immer schwerer, Kundschaft zu finden. Ein Stammkunde wie Ryan, der sich konsequent weigerte, übers Netz zu buchen, war da Gold wert. „Wieder Zeit für einen Trip zurück an die Küste? Oder gibt's eine neue Rätselmeisterschaft?"

„Nein, diesmal nicht. Ich wollte nur etwas wissen. Wenn ich dir die Nummer eines *Passenger Name Record* gebe, kannst du dann mehr über die Buchung herausfinden?"

„Das kommt darauf an. Mit der Nummer allein nicht, aber wenn du dazu auch noch den Nachnamen der reisenden Person hast, ist das kein Problem."

Ryan sah auf seine Notizen. Der Name hatte in dem Wasserzeichen gestanden: „Creed".

„Das klingt jetzt vielleicht blöd, Craig, aber ich glaube, es ist auf meinen Namen gebucht."

„Wirst du mir etwa untreu?" Ryan war sich nicht ganz sicher, wie viel von der Enttäuschung in Craigs Stimme echt war und wie viel gespielt.

„Natürlich nicht. Das ist eine lange Geschichte, aber ich hab's nicht selbst gebucht."

„Dann schieß mal los." Craig klang skeptisch, doch er stellte keine weiteren Fragen.

Ryan gab den Code durch, den er errätselt hatte. Er hörte das Klackern von Craigs Computertastatur, und nach wenigen Sekunden kam die Antwort.

„Und du wusstest wirklich nichts von diesem Ticket?"

„Bis vor ein paar Minuten nicht. Wieso?", fragte Ryan.

„Weil es für morgen ist. Ein Flug von hier nach Seattle. Erster Klasse. Mit Hotelbuchung."

Ryan seufzte. Wer in aller Welt buchte hinter seinem Rücken Flüge und Hotels für ihn?

„Steht in dem *PNR* irgendetwas über den Käufer?", erkundigte er sich.

„Moment. Gebucht wurde es über eine dieser Onlineplattformen. Wetten, dass die keinen so guten Preis gefunden haben wie ich? Und Käufer war eine Firma ..." Craig stockte und lachte auf. „Das glaubst du mir jetzt wahrscheinlich nicht: Der Firmenname des Käufers ist *Tickets for Ryan Creed Inc.*"

Ryan konnte es kaum glauben: Jemand hatte eine eigene Firma für diesen Kram gegründet, um sich dahinter zu verstecken!

Craig hatte an diesem Nachmittag anscheinend nicht viel zu tun, und er war wohl auch selbst neugierig geworden. Jedenfalls bot er Ryan sofort an, nach weiteren Informationen über diese ominöse Firma zu suchen. Wenn auch natürlich nicht ohne einen leicht spöttischen Kommentar zu Ryans Internetabstinenz: „Wenn du es wirklich ernst meinen würdest mit deiner Technikverweigerung, dann müsstest du mich eigentlich mit Händen und Füßen davon abhalten, etwas für dich zu suchen."

„Im Gegenteil", konterte Ryan und grinste. „Es gibt zwei Möglichkeiten, eine effektive Überwachung zu vereiteln. Entweder man macht sich möglichst unsichtbar, indem man so gut wie keine Datenspuren hinterlässt, oder man versteckt die wirklich wichtigen Informationen zwischen so viel Datenmüll, dass es praktisch unmöglich ist, sie herauszufiltern. Wenn du also in meinem Auftrag suchst, schützt du damit gleichzeitig deine Daten."

„Bist du dir sicher, dass du kein Anwalt bist?", murmelte Craig.

Ein paar Minuten später hatte er alles zusammengetragen, was zusammenzutragen war: Über die Firma gab es abgesehen von einem Handelsregistereintrag so gut wie nichts im Netz. Alleineigentümerin war eine Briefkastenfirma auf den Bahamas – und wem die wiederum gehörte, blieb ein Rätsel.

Danach bat Ryan Craig, nach Events in Seattle zu suchen. Vielleicht gab es irgendeinen Rätselwettbewerb oder etwas Ähnliches, zu dem man ihn locken wollte. Doch da war nichts, was irgendwie passend schien.

„So", schloss Craig, „soll ich dir die Ticketdaten durchgeben?"

Ryan verneinte. „Ich tanze ungern nach anonymen Pfeifen. Fühlt sich irgendwie ein bisschen zu sehr nach Stalking an, das Ganze. Außerdem muss ich arbeiten."

„Wie du meinst." Craig schlug einen vertraulichen Ton an. „Aber, ganz unter uns: Neugierig bist du schon, oder?"

Natürlich war Ryan neugierig. Ohne Neugierde wäre er nie auf die Idee gekommen, mit dreizehn Jahren in fremde Server einzudringen. Ohne Neugierde verbrächte er nicht immer

wieder Stunden um Stunden mit immer schwereren Rätseln. Und ja, da war diese Stimme in ihm, die ihn aufforderte, einfach morgen in den Flieger zu steigen und abzuwarten, was passierte.

Doch er hatte gelernt, dass es manchmal besser war, nicht auf diese Stimme zu hören. Sicherer für ihn und für andere.

Darum winkte er ab. „Neugier ist der Katze Tod, Craig. Und ich hänge an meinem Leben."

Damit war die Sache für ihn erledigt. Na gut, jedenfalls fast. Sicher, komplett verstummt war die innere Stimme nicht, doch während Ryan sich sein Abendessen warm machte, hielt er sie mit der Aussicht bei Laune, dass er in den nächsten Tagen weiter nachforschen könnte, wer sich hinter der ominösen Firma *Tickets for Ryan Creed Inc.* verbarg.

Und als die Stimme selbst im Bett keine Ruhe gab, versuchte er sie – und sich selbst – davon zu überzeugen, dass er ja eigentlich gar nicht vor dem Rätsel davonlief.

„Das ist nicht das Ende", sagte er sich. „Das ist der Anfang. Es gibt tausend andere Möglichkeiten, herauszukriegen, wer hinter diesem Brief steckt. Und die sind alle sicherer, als sich in diesen Flieger zu setzen."

Ryan wusste aber auch, dass diese Möglichkeiten alle aufwendiger und sehr viel weniger erfolgversprechend waren. Doch darüber dachte er lieber nicht zu lange nach.

Lies weiter auf Seite 140.

<E-Raz0r> Soll ich jetzt das Skript starten?

Ryans Herz klopfte, als er die Nachricht in den Chat eintippte, und er blickte verstohlen zu seiner Zimmertür, an der immer noch das Hundeposter hing, das Dad dort zu seinem achten Geburtstag aufgehängt hatte. Ryan hatte abgeschlossen – aber falls Mom oder Dad nach Hause kamen und klopften, würde er öffnen müssen. Und er wollte nicht, dass sie mitbekamen, was er machte.

<Doom98> NOCH NICHT!!!!
<Doom98> Erst noch mal alles überprüfen!
<Doom98> Ist das VPN aktiv? Läuft der Proxy und bist du über den Tor-Router drin?

Noch vor einem Jahr hätte Ryan nicht gewusst, was all diese Begriffe bedeuteten. Damals hatte er eigentlich nur nach einem Weg gesucht, den lästigen Kinderschutzfilter zu umgehen, den seine Mutter auf dem Router zu Hause installiert hatte. Und dabei hatte er festgestellt, dass es da draußen noch viel mehr interessante Infos gab, als er zu hoffen gewagt hatte.

Der Filter war rasch ausgehebelt gewesen, doch danach hatte er weitergelesen und -gelernt und sich so lange in den Chatkanälen der Szene herumgetrieben, bis er sich dort einen gewissen Respekt erarbeitet hatte. Das genoss er. Ryan hatte gerade erst seinen zwölften Geburtstag gefeiert, und trotzdem hatte er schon den Respekt von Leuten, die mindestens doppelt so alt waren. Auch wenn die wahrscheinlich nicht ahnten, wie jung er war.

Klar, in den Augen der Stammnutzer war er trotzdem immer noch ein Anfänger, ein „Noob", aber jetzt sahen sie anscheinend

Talent in ihm – und irgendwann hatte sich einer von ihnen bereit erklärt, ihm ein paar weitere Tricks zu zeigen.

<E-RazOr> Alles gut.
<Doom98> Okay!
<Doom98> Und noch mal: Mach keinen Scheiß auf dem Server.
<Doom98> Sieh dich um, aber mach nichts kaputt, und komm bloß nicht auf die Idee, irgendwas von den Daten weiterzugeben!
<Doom98> Sonst steht ganz schnell das FBI vor deiner Tür!

Ryan hatte überhaupt nicht daran gedacht, irgendetwas mit den Daten anzustellen, aber jetzt, wo Doom98 es ihm so ausdrücklich verbot, musste er doch nachfragen.

<E-RazOr> Wenn ihr gar nichts macht, warum hackt ihr euch dann überhaupt rein?
<Doom98> Das wirst du gleich verstehen …
<Doom98> Starte das Skript.

Das Skript, um das es ging, hatte Ryan selbst geschrieben. Mit Doom98s Hilfe natürlich. Dass er es selbst gemacht hatte, war wichtig. Hacker schauten von jeher auf die Amateure herab, deren Talent sich darin erschöpfte, vorgefertigte Angriffs- und Knackprogramme zu verwenden. „Skript-Kiddies" wurden sie verächtlich genannt; dumme Kinder, die nichts konnten, außer anderer Leute Skripte zu starten. Um akzeptiert zu werden, musste man verstehen, was das Programm tat und wieso es funktionierte. Oder es sich am besten gleich selbst schreiben.

Dieses hier war nicht besonders kompliziert. Man gab ihm

die Adresse eines Log-in-Formulars, das automatisch verschiedene Standardmethoden ausprobierte, um sich Zugang zu verschaffen.

Es gab tausende Sites, auf denen man sich so ein Tool fertig herunterladen konnte. Aber dieses war eben nicht von irgendwo heruntergeladen. Es war Ryans eigene Entwicklung. Und jetzt würde er es zum ersten Mal in Aktion erleben.

Er hatte sich ein einfaches Ziel ausgesucht. Einen kleinen Webshop, der T-Shirts und Turnschuhe verkaufte. Doom98 hatte recht: Es ging nicht um das, was man dort fand, es ging um das Finden selbst, um das Eindringen in Bereiche, die nicht für einen gedacht waren. Darum, klüger zu sein als die Maschine.

Ryan öffnete ein Terminalfenster und tippte einen Befehl auf der Kommandozeile:

```
erazOr:~$ ./exscrpt.sh
```

Einen Moment schien nichts zu passieren. Ryan wusste natürlich, dass sein Skript im Hintergrund nach und nach jeden einzelnen Angriff ausprobierte, den er ihm beigebracht hatte. Doch nach außen hin war davon nichts zu sehen.

Ryan fluchte leise und wünschte sich, er hätte Statusmeldungen in das Programm eingebaut. Irgendetwas, das ihm anzeigte, was es gerade tat. Doch so blieb ihm nur, zu warten.

```
<E-RazOr> Kann es sein, dass es sich aufgehängt hat?
<Doom98> Geduld, Kleiner. Geduld.
```

Gerade als Ryan aufgeben wollte, tat sich endlich etwas:

Operation complete. Output file written to disk.

<E-Raz0r> Es hat geklappt!

Atemlos öffnete Ryan die Textdatei, die das Skript generiert hatte, und sein Herz schlug schneller, als er ihren Inhalt sah: Es war die gesamte Nutzerdatenbank des Geschäfts! Mit Mailadressen und Passwörtern!

Ryan schüttelte den Kopf. Passwörter im Klartext abzuspeichern war so ungefähr das Dümmste, was man als Entwickler tun konnte. Andererseits machte es ihm das Leben natürlich leichter.

Er suchte sich einen beliebigen Nutzer aus und meldete sich damit probeweise im System an.

Es funktionierte! Er sah die Adresse und die bisherigen Einkäufe einer Frau aus Minneapolis!

Ein Gefühl der Macht überkam ihn. Das, was er da sah, war Wissen, das eigentlich für ihn verboten sein sollte. Gut, in diesem Fall war es mehr als triviales Wissen, aber wenn so wenig Aufwand reichte, um an die Kundendaten eines Geschäfts zu kommen, welche Geheimnisse mochten sich ihm dann offenbaren, wenn er sich wirklich anstrengte?!

<E-Raz0r> Du hast recht! Das ist der Hammer!

Lies weiter auf Seite 068.

Ryan gab das Blatt an Power zurück und sagte ihm die Lösung: „Drei Zahlen: 6, 3 und 5. Aber ohne die Karte, von der im Brief die Rede ist, hilft Ihnen das wohl nicht viel."

Power antwortete nicht sofort. Er schaute auf sein Handy und kurz darauf zu Sarah Corbet. „Richtig gelöst. Und in einer sehr guten Zeit. Ich glaube, es hat sich gelohnt, dass Sie ihn hergebracht haben."

„Sie kannten die Lösung schon?!", entfuhr es Ryan. „Warum wollen Sie mir dann so viel Geld dafür zahlen?!"

„Ich musste doch sichergehen, dass Sie wirklich so gut sind wie Ihr Ruf. Ich hoffe, Sie verzeihen mir den kleinen Test." Power zog wieder seinen Stift hervor, setzte seine Unterschrift auf den Scheck und hielt ihn Ryan hin. „Bitte sehr, wie versprochen."

Ryan zögerte. „Moment, vorher habe ich ein paar Fragen. Und seien Sie ehrlich. Falls Sie mich anlügen, werde ich das früher oder später herausfinden."

Power lächelte. „Großes Ehrenwort, ich werde Ihre Fragen wahrheitsgemäß beantworten."

„Gut. Klebt irgendwelches Blut an diesem Geld? Sind Sie in illegale Geschäfte verwickelt?"

Sarah lachte. „Glauben Sie etwa, Will ist ein Drogenboss oder so etwas?"

„Ich glaube gar nichts. Ich sehe nur jemanden mit einer Menge Geld, von dem ich nicht weiß, wo es herkommt. Ich will keine Geschenke annehmen, für die Menschen gelitten haben oder gestorben sind."

Power machte eine beruhigende Handbewegung und sah Ryan ernst in die Augen. „Ich gebe Ihnen mein Ehrenwort: Jeden Cent, den ich besitze, habe ich vollkommen legal verdient."

„In welcher Branche?"

„Informationstechnologie, Mr Creed. Ich hatte das Glück, zur richtigen Zeit am richtigen Ort die richtige Begabung zu haben. So wurde ich zu einem der ersten Angestellten eines Garagenunternehmens. Geld für Gehalt war damals noch nicht viel da; stattdessen wurde ich Teilhaber. Als ich anfing, war mein Anteil so wenig wert, dass die Banken ihn nicht als Kreditsicherheit akzeptieren wollten. Inzwischen aber ..." Er machte eine ausholende Armbewegung. „Sagen wir es einmal so: Dieses Gebäude ist nicht das einzige Hochhaus, das ich besitze. Bei Weitem nicht."

Ryan kannte diese Art Biografien. Die Goldrauschgewinnerinnen und -gewinner des Technologiebooms. Wie bei jedem Goldrausch waren sie die große Ausnahme von der Regel. Auf jede Person, die in jener Zeit fantastische Reichtümer angehäuft hatte, kamen tausende, die knapp am großen Los vorbeigeschrammt waren und nun ein Leben als überarbeitete Angestellte führten – immer die wenigen Auserwählten im Blick, die es besser getroffen hatten als sie selbst.

Dieser Will war anscheinend einer der Glücklichen gewesen. Es klang für Ryan plausibel genug. Dazu kam ein ganz subjektiver Eindruck: Er *wirkte* einfach nicht wie ein Krimineller. Sicher, Power hatte kein Problem damit, seinen Reichtum zur Schau zu stellen, aber er tat das nicht auf jene aggressiv einschüchternde Art, wie Ryan sie bei Leuten aus dem Milieu des organisierten Verbrechens erlebt hatte.

Ein Mafiaboss hielt dir seine Macht wie eine Pistole an den Kopf. Will Power präsentierte sie so beiläufig wie eine teure Uhr am Handgelenk.

„Okay, einverstanden." Ryan nahm den Scheck. Er warf einen Blick auf die Unterschrift. Dort stand nicht *Will Power*. Was es stattdessen hieß, war unmöglich zu entziffern.

Will sah zu Sarah Corbet. „Ich glaube, Sie haben noch ein paar Besorgungen zu machen, oder? Jetzt wäre, glaube ich, ein guter Zeitpunkt dafür. Wir sehen uns später wieder."

Corbet nickte und stieg in den Wagen.

Power wandte sich an Ryan: „Wären Sie damit einverstanden, wenn wir in mein Büro gehen, Mr Creed? Hier unten ist es auf Dauer doch ein wenig ungemütlich."

Ryan nickte. Es war richtig gewesen, Power hier herunterkommen zu lassen, aber jetzt gab es keinen Grund mehr, in der kahlen Tiefgarage herumzustehen.

Der Fahrstuhl sah aus wie jeder andere Bürofahrstuhl, den Ryan kannte. Poliert und verspiegelt, doch zum Glück ohne penetrantes Musikgedudel. Power zog einen Schlüssel heraus und steckte ihn in ein Schloss neben dem obersten Knopf. Die Türen schlossen sich.

„Nächste Frage", erklärte Ryan, während die Kabine sich nach oben bewegte. „Warum ich? Wieso haben Sie ausgerechnet mich für Ihren Auftrag ausgesucht?"

„Weil Sie die ideale Wahl sind. Sie haben ja schon gesehen, dass es ein Rätsel gab, und daher ich habe Grund zu der Annahme, dass noch weitere folgen werden. Sie sind ausgewiesener Experte für Rätsel, Kryptologie und Computerforensik. Auch wenn ich nicht glaube, dass Computer eine große Rolle spielen werden."

„Ihr Glück, in dieser Hinsicht bin ich nämlich nicht mehr auf dem neuesten Stand."

„Ich weiß – sehr ungewöhnlich übrigens. Sie waren auf dem besten Weg, *die* Autorität auf dem Gebiet der Computerkriminalität zu werden. Und das in einem Alter, in dem andere nicht wissen, *Was* sie nach dem College mit ihrem Leben anfangen wollen. Wieso gibt jemand nur eine so vielversprechende Karriere einfach auf?"

Ryan wusste sehr genau, wieso er das getan hatte – doch er hatte nie das Verlangen verspürt, es anderen zu erklären. Nicht den anderen Mitgliedern des Kollegiums, nicht den Studentinnen und Studenten – und schon gar nicht diesem Typen, der sich *Will Power* nannte.

Er schwieg einen Moment, bevor er auf Powers Frage antwortete. „Ich hatte meine Gründe", erklärte Ryan dann auch nur ganz kurz und knapp.

Die Miene seines rätselhaften Gastgebers blieb undurchdringlich.

Ein „Ping" verkündete, dass der Fahrstuhl sein Ziel erreicht hatte. Die Türen öffneten sich und gaben den Blick auf ein weiträumiges Büro frei, das mit modernen, kühlen Möbeln aus Metall und dunklem Leder ausgestattet war und dessen Fenster eine grandiose Aussicht über ganz Seattle boten.

Power verließ den Fahrstuhl als Erster und bedeutete Ryan, ihm zu folgen. Als der sich umsah, erkannte er, dass das „Büro" beinahe die komplette Etage des Wolkenkratzers einnahm – es war eine Art gigantisches Loft, das einen grandiosen Rundumblick bot: auf die gesamte Stadt, die sich zwischen Lake Washington und *Puget Sound* erstreckte, sowie auf die Bergketten, die in jeder Richtung am Horizont sichtbar waren.

Nur die Ecke der Etage, in der sie gerade standen, war beleuchtet, der Rest versank in der Abenddämmerung. Ryan konnte die Umrisse verschiedener Gegenstände ausmachen. Er meinte, Möbel zu sehen, über denen wuchtige Gemälde *hingen*. Er glaubte sogar, einen Sportwagen erkennen zu können.

„Verzeihen Sie bitte, Mr Creed, falls ich Ihnen mit meiner Frage zu nahe getreten sein sollte", erklärte Power. „Das war nicht meine Absicht." Er setzte sich an einen ausladenden Schreibtisch, der in einer Ecke des riesigen Raumes stand.

Ryan nahm ihm gegenüber in einem überraschend bequemen Sessel Platz. „Sie sagten, Sie hätten mich wegen eines Rätsels hierhergeholt, Mr Power. Worum geht es dabei?"

Power nahm eine Ledermappe zur Hand, die auf seinem Schreibtisch lag. Er zog ein Blatt mit Foto heraus und hielt es Ryan hin. „Sagt Ihnen das hier etwas?"

Ryan sah auf das Bild. „Eine Goldmünze. Nennwert zwanzig Dollar. Obwohl – inzwischen dürfte der Materialwert wohl ein Vielfaches davon betragen."

Power lächelte. „Das stimmt. Ich schätze, das enthaltene Gold dürfte derzeit knapp eintausendsiebenhundert Dollar wert sein. In diesem Fall geht es allerdings um den Sammlerwert – und der ist unschätzbar."

Ryan blinzelte überrascht. „Inwiefern?"

„Was Sie hier sehen, ist ein Bild der seltensten Münze der Welt: des 1933er Double Eagle. Es gibt genau ein bekanntes Exemplar in Privathänden – und das wurde vor fast zwanzig Jahren für beinahe zehn Millionen Dollar an einen anonymen Bieter versteigert."

Ryan ließ das Blatt sinken und stand auf. „Falls Sie mich für

einen Einbruch anwerben wollen, vergessen Sie das bitte sofort. Nicht für alles Geld der Welt."

Power machte eine beschwichtigende Geste und forderte Ryan
auf, sich wieder hinzusetzen. „Nicht doch! Für das, was ich von
Ihnen möchte, müssen Sie keinerlei Gesetze brechen. Alles ist
vollkommen legal. Ich bin nicht an dieser Münze interessiert."

Ryan setzte sich und runzelte die Stirn. „Wenn Sie nicht daran interessiert sind, warum zeigen Sie sie mir dann?"

„Ich bin nicht an *dieser* Münze interessiert – dem Exemplar,
das versteigert wurde. Sondern an weiteren, bisher unentdeck-
ten Exemplaren."

„Ich glaube, jetzt müssen Sie endlich etwas deutlicher werden."

„Gern. Was verbinden Sie mit dem Jahr 1933, Mr Creed?"

Ryan überlegte. „Hitlers Machtergreifung, Premiere von *King
Kong,* Ende der Prohibition, Franklin Delano Roosevelt wird
Präsident ..."

„Sehr gut!", unterbrach ihn Power. „FDR trat sein Amt mit-
ten in der Weltwirtschaftskrise an – mit dem Versprechen des
New Deal, einer grundlegenden Reform des Wirtschafts- und
Sozialsystems. Und eine seiner ersten Maßnahmen war was?"

Power schaute Ryan auffordernd an, wie ein Lehrer, der auf
eine Antwort seines Lieblingsschülers wartete.

„Ich bin nicht in der Stimmung für Quizspielchen, Mr Power.
Sagen Sie mir, was Sie zu sagen haben, oder lassen Sie es bleiben."

Power schüttelte den Kopf. „Ich hatte geglaubt, Sie wären sat-
telfester in Sachen Geschichte. Nun denn: Eine der ersten Maßnahmen Roosevelts waren Gesetze, die den privaten Goldbesitz

massiv einschränkten und Goldmünzen als Zahlungsmittel abschafften. Ungefähr zur selben Zeit wurden aber zufälligerweise noch eine Reihe von Zwanzig-Dollar-Goldmünzen geprägt. Ungültiges Geld also, und zwar gleich mehrere *Ton*nen davon."

Ryan nickte langsam. „Diese Münzen existierten zwar, hatten aber ihren Sinn verloren und wurden deswegen wahrscheinlich gar nicht erst in Verkehr gebracht. Bis auf dieses eine ominöse Exemplar, das sich jetzt in Sammlerhand befindet. Ist das ungefähr richtig?"

„Sehr nah dran", lobte Power, wieder ganz der Oberlehrer. „Fast alle geprägten 1933er Double Eagles wurden wieder eingeschmolzen. Aber zwanzig Exemplare gelangten auf unbekannte Weise in Umlauf. Neunzehn wurden im Laufe der Zeit von der US-Regierung konfisziert und größtenteils eingeschmolzen. Für eine einzige Münze wurde irgendwann zugelassen, dass sie weiter in Privatbesitz verbleiben durfte. Das ist diejenige, die seinerzeit für einen Millionenbetrag versteigert wurde."

„Und wenn Sie nicht hinter der her sind, dann glauben Sie wahrscheinlich, dass es noch eine weitere solche Münze irgendwo gibt?", schlussfolgerte Ryan.

„Nicht eine, Mr Creed. Dreißig. Ich bin mir sicher, dass irgendwo dreißig 1933er Double-Eagle-Münzen versteckt sind. Und das Rätsel, das ich Ihnen gegeben habe, ist der erste Schritt auf dem Weg, sie zu finden."

Lies weiter auf Seite 104.

„Company Scrip", wiederholte Ryan, nachdem Sarah die E-Mail-Antwort gelesen hatte. „Firmeneigenes Geld. Das heißt, das, was die Firma den Bergleuten an einem Tag ausgezahlt hatte, kassierte sie am nächsten Tag wieder ein, wenn die Leute sich Lebensmittel kauften. Schönes Konzept zur Profitmaximierung."

Sarah hatte auf einer Karte im Netz den Standort der ehemaligen Kern-&-Miller-Mine gefunden. „Ich weiß nicht", sagte sie. „Bei der Lage waren die Arbeiter wahrscheinlich froh, wenn sie überhaupt einen Laden in der Nähe hatten."

Ryan warf einen Blick auf Sarahs Handy. „Ich kenn mich ja nicht so gut aus in der Gegend, aber die Mine scheint so ziemlich am Arsch der Welt zu liegen. Kann das sein?"

„Das trifft es ziemlich genau – es handelt sich um eine der abgelegensten Ecken in den Bergen. Es führt nicht einmal eine ordentliche Straße hoch."

„Wie haben die denn früher die Mine versorgt?", wunderte sich Ryan.

Sarah hob die Schultern. „Keine Ahnung. Mit Autos oder Pferdewagen jedenfalls nicht."

„Das kann ja heiter werden ..." Ryan deutete auf Sarahs Weste. „Hast du da auch eine Bergsteigerausrüstung drin?"

Sarah grinste. „Nö, die brauchen wir auch nicht. Wir haben eine viel bessere Möglichkeit, zur Mine zu kommen. Lass dich überraschen!"

Sarah packte noch ihre letzten Sachen ein, während Ryan schon einmal vor die Tür trat, um die Morgensonne zu genießen. Doch kaum war er draußen, blieb er überrascht

stehen: Dort drüben am Straßenrand parkte ein weißer SUV! Und Ryan erkannte ganz deutlich einen Kratzer am rechten vorderen Kotflügel – dort, wo ihr Verfolger erst gestern noch den Betonpoller beim Abbiegen *stramm* gestreift hatte!

Ryan bemühte sich, entspannt zu wirken. Er tat so, als sehe er sich beiläufig um, und versuchte dabei, einen Blick ins Innere des Wagens zu erhaschen, doch das war unmöglich.

Nach ein paar Sekunden streckte er sich demonstrativ, als fühle er sich gerade sehr wohl, ging dann langsam zurück ins Zimmer und schloss die Tür.

„Wir müssen hier weg!", sagte er aufgeregt zu Sarah. „Sofort! Diese Typen von gestern parken draußen!"

Sarah stieß einen Fluch aus. „Bist du dir sicher? Solche Autos gibt es doch hundertfach hier in der Stadt."

„Ja, verdammt, ich bin mir sicher. Das ist derselbe SUV, der uns gestern Abend aufgelauert hat. Die wollen das Notizbuch!"

„Mist, wie haben die uns hier gefunden?!"

„Keine Ahnung! Aber wenn die wissen wollen, wo wir sind, sollten wir alles versuchen, uns von ihnen fernzuhalten." Er deutete aufs Fenster. „Lass uns hinten rausgehen!"

Sie packten schnell die allernötigsten Sachen zusammen – viel Gepäck hatten sie ja nicht – und kletterten aus dem Fenster in das Beet hinter dem Motel.

Sarah wollte zu ihrem Wagen, doch Ryan hielt sie auf: Wenn die Typen das Motel beschatteten, würden sie auch Sarahs Auto beobachten.

Im Schutz der Büsche und Bäume schlichen sie sich bis zur nächsten größeren Straße, von wo aus Sarah ein Taxi rief.

Ein paar Minuten später saßen sie im Fond eines leicht angejahrten Funkmietwagens, aus dessen Stereoanlage lautstark elektronische Musik dröhnte.

Während sie sich vom Motel entfernten, warfen sie immer wieder Blicke hinter sich – der weiße SUV war nirgendwo zu sehen.

„Das kann kein Zufall sein, dass die uns gefunden haben!" Ryan hatte seinen Mund ganz nah an Sarahs Ohr gebracht und sprach so leise, dass der Fahrer ihn unmöglich über die dröhnende Musik hören konnte.

„Was weiß ich?", erwiderte Sarah gedämpft. „Vielleicht haben die eine ganze Flotte an Autos losgeschickt, um nach uns zu suchen."

„Und dann setzen sie uns ausgerechnet den einen Wagen vor die Nase, dem wir gestern begegnet sind? Nee."

„Dann war's halt einfach ein verdammt blöder Zufall. So was kommt vor." Sie deutete hinter sich. „Auf jeden Fall sind wir sie jetzt los. Und diesmal haben sie auch mit Sicherheit keine Chance, uns wieder zu erwischen."

„Das hast du letztes Mal auch gesagt. Wie kannst du dir da diesmal so sicher sein?"

Sarah lächelte. „Wie gesagt: Lass dich überraschen."

Eine halbe Stunde später setzte der Fahrer sie ein Stück außerhalb der Stadt auf dem Parkplatz eines kleinen Flugplatzes ab. Vor der Einfahrt stand ein Schild: *Tackett Helicopter Services*.

Das hatte Sarah also gemeint, als sie sagte, dass sie eine bessere Methode hätte, in die Berge zu kommen.

Der Himmel war wolkenlos, und am Flughafen war nicht viel Betrieb. Noch nicht, vermutete Ryan, denn es war früh am Morgen. Sarah nickte einem uniformierten Flugplatzangestellten Mitte fünfzig zu. Offensichtlich kannten sich die beiden.

„Morgen, Jack! Ist der Heli draußen?"

Jack war offensichtlich kein Mann vieler Worte. Er brummte etwas, was man wohl als „Yep" interpretieren konnte, und neigte den Kopf in Richtung Vorfeld, wo ein Hubschrauber vor einem Hangar stand.

„Ich kapiere immer noch nicht, woher die wussten, dass wir in dem Motel sind", wunderte sich Ryan, während sie zu der Maschine gingen.

Sarah stöhnte auf. „Fängst du schon wieder davon an?"

„Kann es sein, dass die einen Peilsender an deinem Wagen angebracht haben?"

„Kann schon sein", erwiderte Sarah knapp und beschleunigte ihre Schritte.

„Kann schon sein?!", wiederholte Ryan ungläubig. „Interessiert dich das denn gar nicht?!"

„Im Moment nicht. Sie haben uns gefunden, und wir haben sie abgeschüttelt. Damit wäre das doch erledigt."

Ryan ließ nicht locker. „Und was ist, wenn sie uns wiederfinden?"

Sarah blieb abrupt stehen und drehte sich zu Ryan. „Wie sollen sie das denn machen? Ja, vielleicht hatten sie einen Sender an meinem Wagen. Glückwunsch, der steht immer noch beim Motel. Und der Helikopter hier hat garantiert keinen Peilsender – den hat Jack heute Morgen komplett durchgecheckt. Er

redet zwar nicht mehr als nötig, aber wenn ihm dabei irgendetwas aufgefallen wäre, hätte er es mir gesagt."

Ryan winkte ab und antwortete nicht. Sarahs Reaktion erinnerte ihn an ihre plötzliche Schroffheit letzte Nacht, als sie dachte, dass er sie etwas Privates fragen wolle. Gab es etwas, das sie ihm nicht sagen wollte? Oder war sie nur beleidigt, weil sie das Gefühl hatte, dass er ihre Kompetenz infrage stellte?

Sie gingen weiter zum Hubschrauber. „Steig ein", wies Sarah Ryan an. „Ich mach noch den Walk-around. Und fass drinnen bitte nichts an."

Ryan stutzte. „Moment: *Du* fliegst?"

Sarah sah ihn abschätzig an. „Ich komm aus einer Luftfahrtfamilie. Mein Dad war Ingenieur bei Boeing. Da wurde mir der Pilotenschein praktisch in die Wiege gelegt."

Sarah begann, die Maschine von außen zu inspizieren, und Ryan stieg ein.

Es war nicht das erste Mal, dass er in einem Helikopter saß. Dieser hier war recht klein: In der Kabine war weniger Platz als in Ryans Auto, mit etwas Glück konnten sich vier Personen hineinzwängen.

Er beobachtete Sarah, die noch immer draußen gewissenhaft prüfte, ob alles in Ordnung war. Das über ihren Vater war die erste private Information gewesen, die sie preisgegeben hatte. Aber war es auch die Wahrheit? Sarah war für ihn noch immer ein Rätsel. Und zu Rätseln gehörten manchmal auch falsche Fährten.

Er fragte sich, wie sie wohl zu ihrer Arbeit für Will Power gekommen war. Und ob sie dort eine besondere Position hatte, vielleicht so etwas wie seine rechte Hand war, oder ob es noch

mehr solcher Assistentinnen und Assistenten gab. Diese ganze Mission war so gut vorbereitet und ausgestattet; das wirkte nicht, als ob Power und Sarah das zum ersten Mal machten. Dahinter steckte Erfahrung. Gut möglich, dass Power wirklich nicht in illegale Geschäfte verstrickt war – aber Ryan war sich ziemlich sicher, dass er seine Tage auch nicht nur damit verbrachte, die Einnahmen aus seinen Immobilien zu zählen.

Nach ein paar Minuten stieg auch Sarah ein und reichte ihm Kopfhörer. „Setz die auf. Wenn erst mal der Rotor läuft, hören wir uns sonst nicht mehr."

Sie zeigte ihm den Knopf, den er drücken musste, wenn er mit ihr sprechen wollte, und bat ihn, ruhig zu sein, bis sie den Start hinter sich hatten. Sie müsse sich konzentrieren.

Das stimmte wahrscheinlich, doch Ryan hatte eindeutig das Gefühl, dass Sarah im Moment gerade ganz froh darüber war, nicht mit ihm reden zu müssen – er konnte sich nur nicht erklären, warum das so war.

„Shrewport Traffic, Helicopter 2191K taking off at the hangars for a north-east departure, initial climb 1000 feet, Shrewport Traffic."

Ryan kannte sich nicht mit Flugfunk aus, aber Sarahs Ansagen kamen so routiniert, dass dahinter lange Erfahrung stehen musste. Der Hubschrauber erhob sich sanft in die Luft. Die dicken Kopfhörer dämpften den Motorenlärm zu einem dumpfen Hintergrundgeräusch, und vor Ryans Augen erstreckte sich die ganze Schönheit der Gegend am *Puget Sound*. Er sah die Wellen, die an die Küste schlugen, die Hochhäuser des Stadtzentrums, zwischen denen die *Space Needle* als Wahrzeichen hervorragte, und dahinter die Hänge und Gipfel der *Cascade Range*, die sich östlich von Seattle erhoben.

„Die Mine ist dort drüben", sagte Sarah nach ein paar Minuten und deutete auf die Berge. „Wir müssen aber einen Umweg fliegen, damit wir nicht den dicken Airlinern in die Quere kommen. Ist nicht schlimm, hoffe ich."

„Nein, gar nicht", erwiderte Ryan. „Ich genieße so lange die Aussicht."

Und die war tatsächlich faszinierend. Die Gegend um Seattle galt als eine der landschaftlich schönsten in den ganzen USA. Wer hierherkam, musste sich nicht entscheiden, ob es lieber die Berge oder das Meer sein sollten – hier gab es Berge *und* Meer. Wildnis *und* Großstadt. Ein wenig beneidete er Sarah, dass sie hier lebte.

„Du hast Glück, dass es so klar ist. Es gibt genügend Tage, an denen man nicht mal bis zu den Bergen gucken kann."

Sarahs Freundlichkeit wirkte wie ein Versuch, sich für die Wortkargheit zuvor zu entschuldigen. Ryan nahm das Angebot an und schlug ebenfalls einen versöhnlichen Ton an.

„Ich hätte das nicht gedacht, als du mich gestern Vormittag abgeholt hast – aber so langsam macht mir diese Sache hier Spaß. Trotz dieser komischen Typen vorhin."

Gestern Vormittag. Es war wirklich kaum 24 Stunden her, dass er aus seinem Alltag gerissen worden war.

Sarah lächelte. „Haben wir den Abenteurer in dir geweckt?"

„Nein, aber das hier ist so schön ... Wie soll ich sagen? Handfest. Keine Zahlen im Computer, kein Bleistift und Radiergummi – wir sind wirklich unterwegs! Ich glaub tatsächlich, ich muss mich dafür bei euch bedanken!"

Sarah wurde plötzlich ernst. „Bedank dich lieber nicht zu früh."

„Wieso? Du hast doch gesagt, dass Power seine Versprechen hält. Entweder wir finden die Münzen, oder wir finden heraus, dass sie nicht mehr an ihrem Platz sind. So oder so habe ich meinen Auftrag erfüllt."

Sarah zögerte einen Moment, als wolle sie etwas erwidern, dann nickte sie nur. „Ja, wahrscheinlich hast du recht."

Aber es klang nicht sehr überzeugt.

Vielleicht war es naiv gewesen, diesem Power so sehr zu vertrauen, dachte Ryan. Sarah kannte ihn länger als er, und sie wirkte skeptisch. Doch was war das Schlimmste, was passieren konnte? Dass Power ihn um die Belohnung betrog? Das wäre ärgerlich, aber kein Weltuntergang.

Sosehr Ryan es auch drehte und wendete, er wirkte auf ihn immer noch so, als hätte er nicht viel zu verlieren. Andererseits wusste er aus schmerzlicher Erfahrung, was es bedeutete, den falschen Leuten zu vertrauen.

Lies weiter auf Seite 059.

„1, 2, 5 – und auf!" Ryan hatte vorsichtig die Kombination eingestellt, und tatsächlich setzte sich der uralte Schließmechanismus rasselnd in Bewegung. Er zog an der Metallstange, und die Safetür öffnete sich.

Das Fach dahinter war nicht groß – für einen Schuhkarton wäre nicht genug Platz gewesen –, aber das, was dort deponiert war, war sehr klein: eine runde, glänzende Münze, etwas größer als ein Quarter!

„Ist das ein Double Eagle?", rief Ryan.

Sarah verneinte. „Die sind größer und dicker. Ich bin mir gar nicht sicher, ob das überhaupt Geld ist."

Sie griff vorsichtig in den Safe und nahm die Münze in die Hand. Als das Licht der Taschenlampe darauf schien, sah Ryan, dass Sarah recht hatte: Es war zwar ein rundes, geprägtes Metallstück, aber es schien zu keiner ihm bekannten Währung zu gehören. In die Mitte war eine geometrische Form gestanzt, und im Kreis darum waren auf Vorder- und Rückseite Buchstaben eingeprägt. Doch die Münze war zu abgenutzt, um die Inschrift lesen zu können.

Wenn es kein Geld war – was war es dann? Vielleicht ein Chip aus einem Casino oder einem alten Automaten? Und wenn ja, wie sollten sie den finden?

„Hast du hier unten irgendwo so etwas wie einen Spielautomaten gesehen?", erkundigte er sich bei Sarah.

Sie schüttelte den Kopf. „Bis auf diesen versteckten Raum sieht aber auch nichts mehr so aus wie zu Langs Zeiten."

Das ergab Sinn. Wenn noch etwas zu finden war, dann in dem Raum hinter der Wand.

Ryan kroch vorsichtig durch das Loch in der Mauer und sah

sich um. Alle Gegenstände und Möbel waren bombenfest an ihre Plätze genagelt. So hatten sie die Jahrzehnte überstanden, ohne zu verrutschen oder herunterzufallen. Und es gab nirgendwo den geringsten Hinweis darauf, dass hier noch ein weiteres Geheimnis verborgen war.

„Ich gebe auf", seufzte er schließlich. „Was auch immer uns dieses Ding sagen soll – es scheint nichts mit diesem Raum zu tun zu haben."

„Gut." Sarah gähnte. „Dann würde ich sagen, wir machen für heute Schluss und gehen morgen mit frischer Energie an die Sache ran."

Wie so oft ging der Rückweg schneller als der Hinweg. Jetzt wussten sie ja, wohin sie treten mussten, und sie kannten die Tunnel, durch die sie gingen. Unterwegs schaute Ryan sich um, ob vielleicht doch noch irgendwo Reginald Langs Monogramm zu entdecken war, aber da war nichts.

Es war schon dunkel, als sie wieder nach draußen auf den kleinen Platz traten. Sarah verschloss die Tür sorgfältig mit ihrem Dietrich, dann machten sie sich auf den Weg zum Auto.

Als Sarah die Wagentür öffnete, schien das Licht im Innenraum auf ein paar Einkaufstüten, die auf der Rückbank lagen.

„Die sind für dich", erklärte sie Ryan. „Damit du morgen etwas Frisches zum Anziehen hast."

„Jetzt sag nicht, du und Mr Power habt meine Kleidergröße ausspioniert?"

Sarah grinste. „Großes Spionagetalent ist dafür nicht nötig. T-Shirt-Größe M, das sieht man doch sofort. Und deine Jeans

haben ihre Maße ja dankenswerterweise direkt über den Po-Taschen aufgedruckt."

„Du guckst mir auf den Hintern?", erwiderte Ryan belustigt.

„Rein beruflich", konterte Sarah. „Also bilde dir bloß nichts darauf ein."

Sie stiegen in den Wagen, und Ryan musste sich wieder eingestehen, dass er Spaß hatte. Mehr Spaß als jemals in seinem Dozentenjob. Und Sarah war unterhaltsamer als die meisten Kolleginnen und Kollegen zu Hause.

Der Wagen fuhr an. Ryan warf noch einen Blick auf die Brache, unter der sie eben auf Erkundungstour gewesen waren. Von außen deutete nichts darauf hin, dass dort eine versteckte Welt existierte.

Er wollte gerade wieder nach vorn sehen, als er eine Bewegung wahrnahm, die seine Aufmerksamkeit erregte. Kurz hinter ihnen startete ein Wagen den Motor und fuhr aus der Parklücke. Bevor ihn das Licht der Scheinwerfer blendete, hatte Ryan einen Moment Gelegenheit, das Fahrzeug zu sehen – und es kam ihm sehr bekannt vor. Es war ganz eindeutig der weiße SUV, den er vorhin gesehen hatte, als sie in den Laden eingedrungen waren!

„Ich glaube, wir werden verfolgt", raunte Ryan Sarah zu. Und fragte sich gleich im nächsten Moment, warum er überhaupt leise sprach – es war ja nicht so, dass jemand in dem anderen Auto sie hören konnte.

„Bist du dir sicher? Wer sollte so etwas machen?"

„Keine Ahnung, aber der Wagen gurkte schon vorhin in der Gegend rum, ist kurz nach uns losgefahren und hält jetzt immer schön Abstand zu uns."

„Das kann auch Zufall sein", beschwichtigte Sarah. „Wir fahren Richtung Downtown – das ist eine beliebte Ecke."

„Blink mal nach rechts", erwiderte Ryan.

„Warum? Wir müssen geradeaus."

„Ich hab ja auch nicht gesagt, dass du wirklich nach rechts abbiegen sollst, sondern nur, dass du blinken sollst. Blinke, ordne dich ein, und dann fahr weiter geradeaus. Ich will sehen, was der andere Wagen macht."

Sarah schüttelte den Kopf. „Okay, wenn es dir Spaß macht."

Kurz nachdem Sarah auf die Abbiegespur gewechselt war, zog auch der weiße Wagen hinter ihnen herüber und setzte den Blinker. Sarah bemerkte das mit einem Blick in den Rückspiegel und brummte ungehalten. Sie blieb bis kurz vor der Ampel auf der rechten Spur – erst im letzten Moment gab sie Gas, scherte nach links aus und wechselte die Fahrbahn.

Hinter ihnen war ein empörtes Hupen zu hören, doch Sarah ignorierte das. „Folgt der Wagen uns noch?", fragte sie Ryan.

Seine Augen suchten den weißen SUV im Verkehrsfluss – und fanden ihn! Auch er drängte sich wieder zurück auf die durchgehenden Spuren und schrammte dabei bedrohlich nah an einem Betonpoller entlang.

„Ist noch da", bestätigte er.

Sarah fluchte. „Das hat uns gerade noch gefehlt." Sie gab ein wenig Gas, versuchte aber weiter, im fließenden Verkehr mitzuschwimmen.

Ryan blickte auf Langs Notizbuch, das er in den Händen hielt. „Wetten, dass die das hier suchen?"

„Was denn sonst? Deine neue Garderobe werden sie wohl kaum wollen."

„Aber wer ist das? Und woher wissen die davon?"

„Du hast es vorhin selbst gesagt", erwiderte Sarah, ohne die Augen von der Straße abzuwenden. „Das Buch ist ein paar hundert Millionen wert. Wenn es um so viel Geld geht, dann spricht sich das irgendwann rum – egal, was man tut."

Sie blickte kurz in den Rückspiegel und dann zu Ryan. „Ich hab dir doch vorhin versprochen, dass wir nichts Illegales tun außer ein bisschen Hausfriedensbruch."

„Ja und?" Ryan wusste nicht, worauf sie hinauswollte.

„Ich hab gelogen. Wir halten uns auch nicht an Geschwindigkeitsbegrenzungen."

Bevor Ryan etwas erwidern konnte, trat sie das Gaspedal durch. Der Wagen beschleunigte so heftig, dass Ryan in den Sitz gepresst wurde. Seine rechte Hand krallte sich an der Beifahrertür fest, während Sarah im Zickzack um die anderen Verkehrsteilnehmer herum steuerte.

Untermalt von quietschenden Reifen und empört trötenden Hupen bahnte Sarahs Wagen sich einen Weg durch den abendlichen Verkehr. Ryan drehte sich um und sah, dass der weiße SUV versuchte, mit ihnen mitzuhalten, doch er verlor mehr und mehr an Boden.

„Achtung, festhalten!", rief Sarah und prügelte den Wagen abrupt um eine Straßenecke. Die Räder rutschen seitwärts über den Asphalt und drohten die Haftung zu verlieren, doch mit einem gezielten Gasstoß gewann Sarah die Kontrolle über das Fahrzeug zurück.

„Du machst das nicht zum ersten Mal, oder?", brachte Ryan heraus, während sie durch eine Gasse rasten, die kaum breiter war als ihr Auto.

„Wie gesagt: Wenn man für Will arbeitet, ist es gut, besondere Fähigkeiten zu haben."

Mit diesen Worten riss Sarah das Steuer wieder herum, und der Wagen schoss auf eine belebte Hauptverkehrsstraße. Ryan hatte keine Ahnung, wie Sarah es schaffte, einen Unfall zu vermeiden. Hinter ihnen hupte es wild, als andere Autos bremsten oder ihnen auswichen, doch nach ein paar Sekunden war es ihr gelungen, sich in den Verkehrsfluss einzuordnen.

„Ist das Auto noch hinter uns?", wollte sie wissen.

Ryan suchte alles gründlich ab, dann atmete er auf. „Nein, ich glaube, du hast es abgehängt."

Lies weiter auf Seite 097.

Wie viele Sterne sind abgehakt?

0	Du bist ein absolutes Rätselgenie. Unglaublich! Wir ziehen unseren Hut vor dir!
1-3	Das war eine ganz starke Leistung. Du kannst verdammt stolz auf dich sein!
4-8	Wow! Du hast es drauf! Ein wirklich ansehnliches Resultat!
9-13	Du scheinst ein echt cleveres Köpfchen zu sein.
14-18	Das ist doch schon ganz ordentlich. Mit diesem Ergebnis brauchst du dich nicht zu verstecken.
19-22	Okay, keine Glanzleistung – aber auch keine Katastrophe.
23-27	Das kannst du bestimmt besser. So viel Hilfe hättest du vielleicht gar nicht gebraucht.
28-30	Ärgere dich nicht. Beim nächsten Mal hast du sicher mehr Erfolg.

Lösungstipps

Zu jedem Rätsel gehören drei Sterne (= Lösungstipps). Seitlich steht die jeweilige Seitenzahl des Buches. Benötigst du Hilfe, schaust du im Buch, auf welcher Seite du zuletzt gerätselt hast.

Dann suchst du dir den am weitesten links stehenden Stern unter dieser Seitenzahl heraus und legst die Rotfolie darauf. (Du findest die Rotfolie eingeklebt auf der hinteren Buch-

klappe.) So wird ein Text sichtbar, der dir weiterhilft. Reicht der erste Tipp nicht aus, schaue dir den nächsten Stern rechts davon an. Der dritte Stern gibt dir die Auflösung.

Hake die Sterne in den danebenstehenden Kästchen ab. So weißt du, wie viele Tipps du benutzt hast.

RÄTSEL S. 018

Tipp 1:
Das sieht nach einem spannenden Labyrinth aus, das da zusammengepuzzelt werden muss. Worauf wartest du? Schneide die sieben Puzzleteile auf Seite 019 aus und lege sie zusammen … Bist du auch schon gespannt, was du erkennen wirst? Und denk daran: Die Lösung muss auf den Kopf gestellt werden, damit sich aus etwas Abstraktem ein Code ergibt. Alles sehr kryptisch, nicht wahr?

☐

Tipp 2:
Die sieben Puzzleteile lassen sich wie ein Dominospiel zusammenlegen. Und was sich daraus ergibt, wird dich staunen lassen. Es ist gar kein Wegelabyrinth! Die Linien bilden einen kurzen Text. Dort steht tatsächlich „Seite 138“. Was hat es damit auf sich? Irgendetwas Abstraktes auf Seite 138 wird zu einem Code, wenn man es auf den Kopf stellt. Viel Abstraktes ist da nicht zu erkennen, das meiste ist Text, dann noch die Seitenzahl und …

☐

Auflösung:
Das korrekt zusammengelegte Puzzle verweist dich auf Seite 138 im Buch. Dort sollst du etwas Abstraktes auf den Kopf stellen und betrachten. Das einzig Abstrakte sind die Rätselsymbole. Stellst du diese auf den Kopf, erkennst du dort anstelle der Kreise und des L-förmigen Gebildes die Zahl 700. Der Code lautet also **7 0 0** und führt dich auf Seite **092**.

☐

RÄTSEL S. 036

Tipp 1:
Der Tresor ist immer noch nicht offen. Was könntest du übersehen haben? In der Rätselanweisung steht, dass sich Sarah auf den Kopf stellen kann und nicht auf des Rätsels Lösung kommt. Wieso eigentlich nicht? Klingt doch nach einem wirklich kreativen Ansatz, oder?

☐

Tipp 2:
Würde sich Sarah tatsächlich auf den Kopf stellen, würde sie den Text auf dem Tresor ganz anders wahrnehmen. Wenn sie es schon nicht tut, versuch du es doch einmal. Dreh den Tresor auf den Kopf. Siehst du nun auch, was Ryan schon die ganze Zeit gesehen hat? Es hat nach wie vor mit Nathans Namen zu tun.

☐

Auflösung:
Wenn du den Tresor auf den Kopf stellst, wird aus dem Namen „Nathan Lang“ die Aufforderung „kurz zaehlen“. Du musst also gar nicht die langen Zeichen zählen, sondern auf die kurzen Morsezeichen – die Punkte – kommt es an. In Zeile A zählst du sechs Punkte, in Zeile B befinden sich sieben Punkte und in Zeile C sind es acht Punkte. Der Code lautet somit **6 7 8** und führt dich auf Seite **023**.

☐

RÄTSEL S. 049

Tipp 1:
Die Fußzeile der Webseite kann helfen, heißt es in der Rätselanweisung. Die Fußzeile zeigt eine E-Mail-Adresse. Wie soll denn eine E-Mail-Adresse helfen? Na ja, nur dem, der fragt, kann geholfen werden. Vielleicht schreibst du einfach mal eine E-Mail und richtest deine Frage an die US-Muenzanstalt. Hab ein wenig Geduld, dir wird bestimmt geantwortet. Und denk daran: Muenzanstalt mit ue in der Mailadresse!

☐

Tipp 2:
Wenn du eine Mail an die US-Muenzanstalt gesendet hast, erhältst du kurzfristig eine Antwort mit dem Titel „AUTO: Anfrage Münze“. In der Antwort werden dir die Company Scrips erklärt. Ein interessanter Verweis auf den Katalog der Münzanstalt sollte dein Interesse wecken. Die Seiten 079, 111 und 159 zeigen weitere Kern-&-Miller-Scrips. Am besten schaust du sie dir einmal an … Und denk daran: Ein Code muss nicht immer aus Zahlen bestehen.

☐

Auflösung:
Der Verweis auf die Seiten 079, 111 und 159 lenkt dich auf die entsprechenden Seiten im Buch. Auf jeder rechten Buchseite siehst du in der rechten unteren Ecke ein Company Scrip, so auch auf den drei genannten Seiten. Die geometrischen Formen führen dich dann zur Lösung. Die gesuchten Company Scrips tragen die Formen Mond, Sechseck und Plus, was eingestellt dem Code 925 entspricht. Der Code lautet also **9 2 5** und führt dich auf Seite **170**.

☐

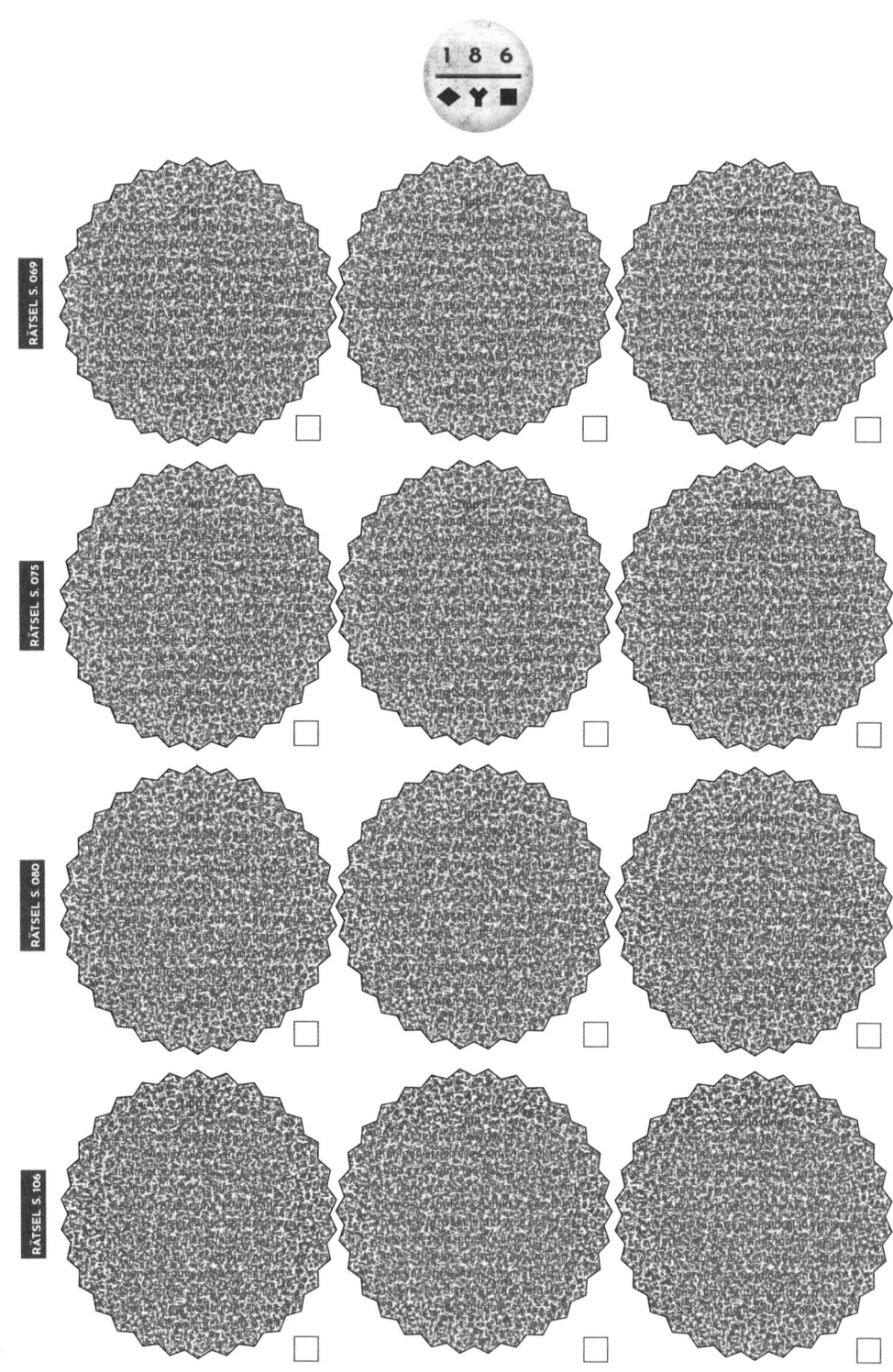

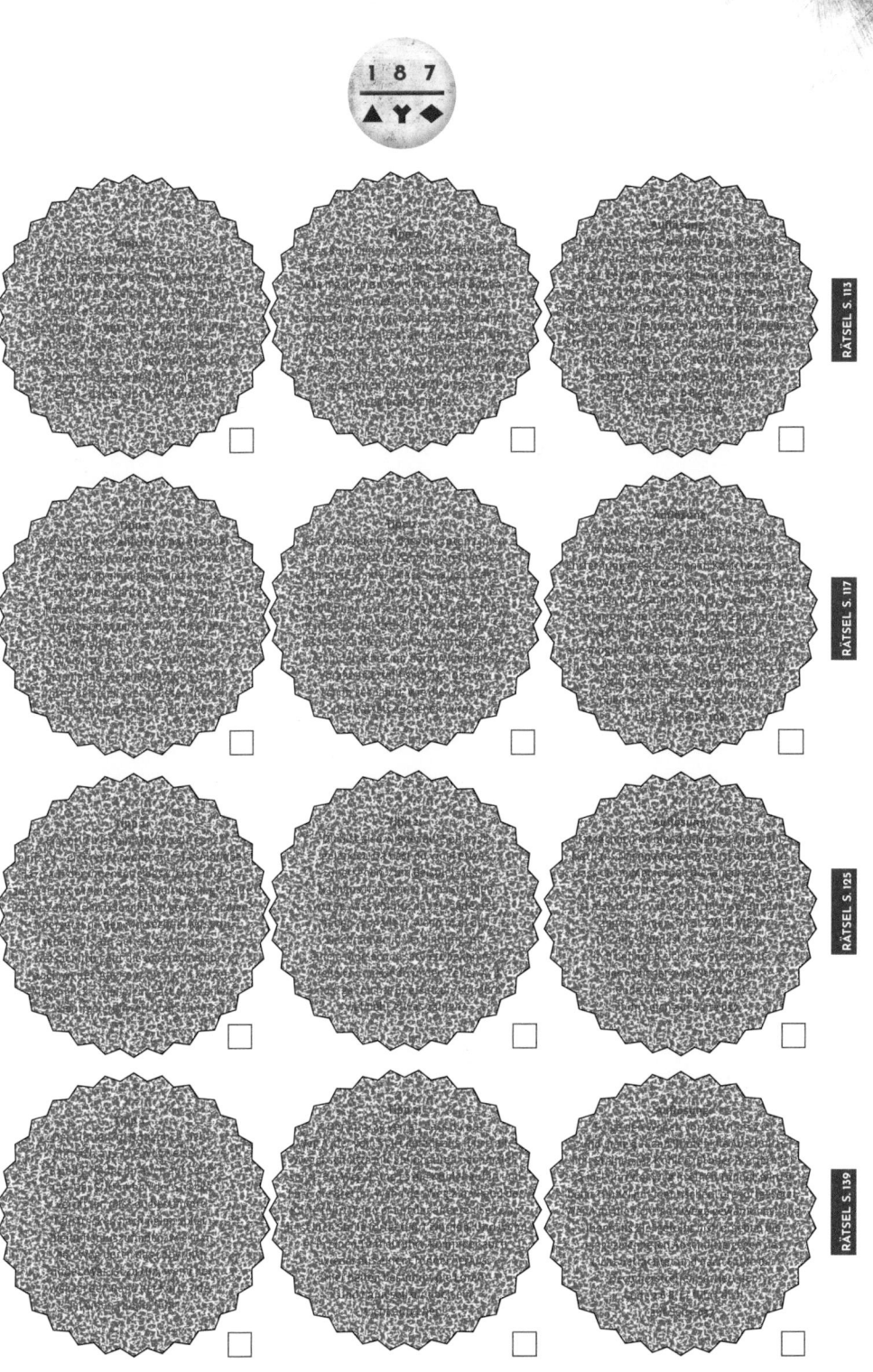

RÄTSEL S. 113

RÄTSEL S. 117

RÄTSEL S. 125

RÄTSEL S. 139

ATEMLOSE SPANNUNG, KREATIVE RÄTSEL, ECHTE ACTION!

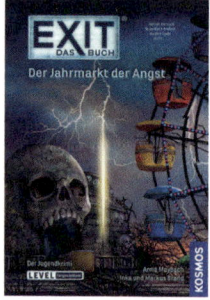

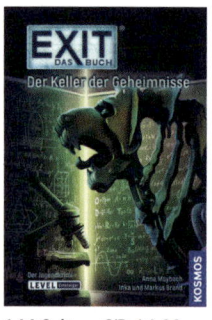

EINZIGARTIG – EXIT JETZT ALS GRAPHIC NOVEL

EXIT – Das Buch
Die Frau im Nebel
128 Seiten | €/D 16,– | ISBN 978-3-440-17165-3

Spukt es in der verlassenen Villa am Rande des Sees? Nachts dringen unheimliche Geräusche aus dem Haus und in Nebelnächten soll eine Frauengestalt über das Wasser wandeln ... Zahllose Geisterjäger und Urban Explorer haben vergebens versucht, in das Haus einzudringen. Auch Eli, Tina und Yannik wollen das Geheimnis lüften. Mit viel Scharfsinn knacken sie den Rätselcode für die Eingangstür. Doch schnell entpuppt sich die mysteriöse Villa als gefährliche Falle ...

Hinweise können überall im Buch versteckt sein, kreative Lösungen sind gefragt, ausschneiden, zeichnen, knicken – alles ist erlaubt.

Decodieren leicht gemacht

Bei jedem Rätsel musst du einen dreistelligen Code herausfinden, der dich dann zu der Seite führt, auf der du weiterlesen kannst.

Und so geht's:

1. Verschiebe die farbigen Streifen auf der vorderen Decodierklappe so, dass dein Code aus dem gelösten Rätsel genau unter dem Pfeil steht.
2. Schau auf die Rückseite der Decodierklappe. Unter dem Pfeil dort wird dir eine neue dreistellige Zahl mit Symbolen angezeigt.
3. Diese neue dreistellige Zahl verrät dir die Seitenzahl, auf der die Geschichte im Buch weitergeht.
4. Überprüfe, ob die Symbole über den Ziffern auf deinen Streifen mit den Symbolen unter der Seitenzahl im Buch übereinstimmen.
5. Stimmen die Symbole auf der Buchseite mit den Symbolen auf deinen Decodierstreifen überein, hast du richtig gerätselt. Du darfst an dieser Stelle weiterlesen.
6. Stimmen die Symbole nicht überein, hast du dein Rätsel nicht richtig gelöst. Probiere das Rätsel noch einmal aus.

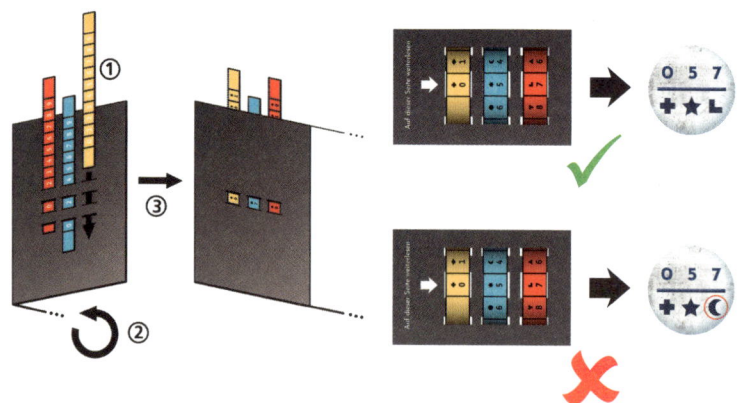

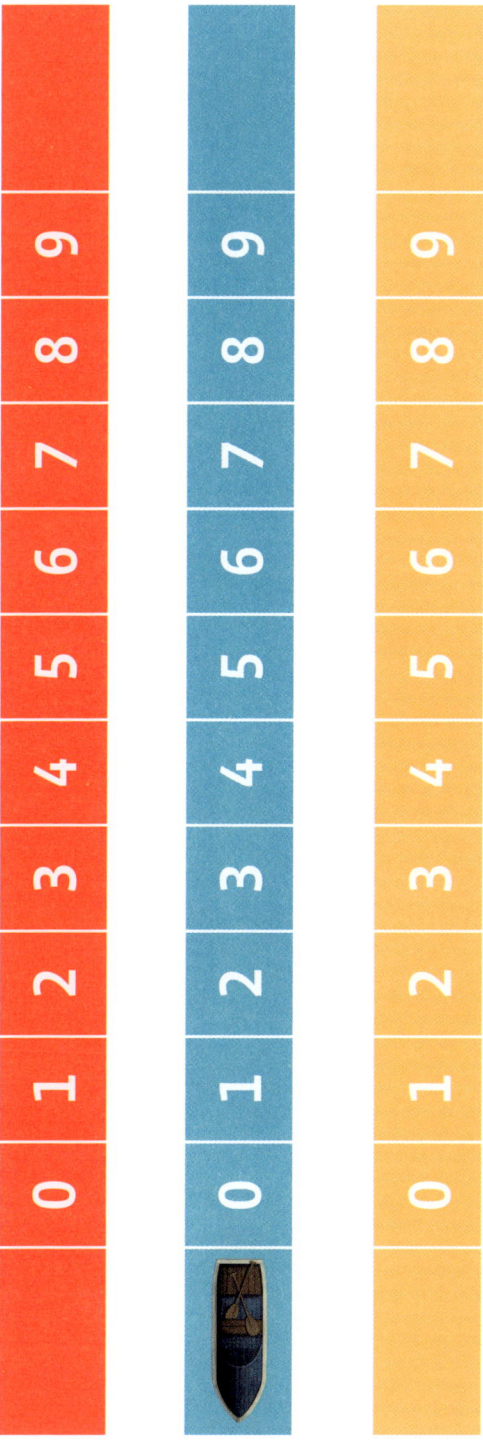

Hier Decodierstreifen ausschneiden

Gelb	Blau	Rot
■ 1	■ 0	✚ 0
Ψ 0	Ψ 1	◆ 1
L 1	L 2	⬡ 2
◄ 0	◄ 3	● 3
☾ 1	☾ 4	★ 4
★ 0	★ 5	☾ 5
● 1	● 6	◄ 6
⬡ 0	⬡ 7	L 7
◆ 1	◆ 8	Ψ 8
✚ 0	✚ 9	■ 9

Hier Decodierstreifen ausschneiden